汉丹之恋

张珊珊◎著

武汉出版社
WUHAN
PUBLISHING HOUSE

（鄂）新登字08号

图书在版编目（CIP）数据

汉丹之恋 / 张珊珊著. — 武汉：武汉出版社，2024.1

ISBN 978-7-5582-6379-8

Ⅰ. ①汉… Ⅱ. ①张… Ⅲ. ①长篇小说－中国－当代 Ⅳ. ①I247.5

中国国家版本馆CIP数据核字（2023）第218669号

著　　者：张珊珊
责任编辑：赵　可
封面设计：北京文豪设计
出　　版：武汉出版社
社　　址：武汉市江岸区兴业路136号　　　邮　　编：430014
电　　话：(027) 85606403　　　85600625
http://www.whcbs.com　　　E-mail: whcbszbs@163.com
印　　刷：武汉雅美高印刷有限公司　　　经　　销：新华书店
开　　本：787 mm×1092 mm　　　1/16
印　　张：10.75　　　字　　数：260千字
版　　次：2024年1月第1版　　　2024年1月第1次印刷
定　　价：78.00元

关注阅读武汉
共享武汉阅读

丹江口水库

张体学省长（左前一）参观民办自制的机械化板车试验

王海山副省长（前排左）在刘文副局长（前排中）、徐富同副书记（前排右）的陪同下，参观施工现场

工人们创造"挤浆法"，用以水中基础封底

自带粮食、工具，奔赴工地的农民

◀ 农民工人们运土加固路基

◀ 1961年9月23日，汉丹铁路淅河大桥竣工纪念

汉丹线随县段通车 ▶
纪念（左3李桂庭，
左5王清贵）

1966年元旦，汉丹铁路第一列客车抵达襄樊车站

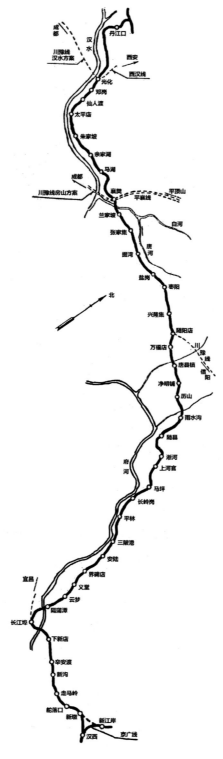

汉丹铁路（汉西—丹江口）路线图

前　言

　　1985 年，距汉丹铁路开工建设 27 年后，我开始从当年襄樊铁路的赵家田局长那儿了解它建设的艰辛。

　　我油然生敬。以几十万农民民兵为主的水利、铁路野战大军，怀着中华民族艰苦卓绝的奋斗之情，用最真诚的爱国爱人民的感情和信念，修筑了汉丹铁路。这条史无前例的开国铁路，极大推动了鄂西北的经济发展，襄樊铁路分局也由此诞生。

　　我用了 4 个 365 天，寻觅农民建设大军的灵魂，与他们的爱相遇、相逢、相伴，采访收集了一千多万字的资料。在随县的一个朋友提供的税务局宿舍里，我将一千多万字变成二十万字的《汉丹铁路建设史》。

　　赵局长的话让我至今难忘："写他们爱的灵魂，写他们不朽的功勋，写他们的情怀，写他们的脸朝黄土背朝天，在新中国建设初期，在一个破烂不堪的摊子上，传承艰苦奋斗、自力更生的美德，抬起头挺起胸，为了新中国真正的成功，成为中国历史上真正平凡的农民英雄。"

　　我思念这群农民特种兵至今已三十多年，从 2020 年开始，我又采用小说的体裁完成了《汉丹铁路建设史》的续集《汉丹之恋》。我想生命中有一种荣幸，那就是爱与被爱，我永远爱着那一群真正平凡的农民英雄，而他们也爱着祖国。

　　本书在出版的过程中获得了深圳市富基投资集团有限公司董事长魏建潮先生、澳大利亚 Jacob and Oscar 公司的大力支持和帮助。在此一并表示感谢。

汉丹铁路建设先进人物名录

姓名	单位	事迹	面貌及职务
王培	三处	试作土模成功，三处桥梁工程带头人	共青团员，技术员
陈妈妈	贾湖营辽远连	为民兵做饭、洗衣	炊事员
张大清	贾湖营辽远连	劳动不计时间报酬，每日劳动14小时	三处部队合同工
吕道全	襄阳县	为清河大桥作出贡献	干部
赵喜学	襄阳县	跟妈妈上工地参加劳动	12岁学生
刘明启	襄阳县	拖拉机手，吃苦耐劳认真负责	共产党员
溪清云	随县	与民工共甘苦，模范工作者	三工程队技术员
解清云	随县	全县特等劳模	社员
谢光发	光化县	人老思想新，干活赛过年青人	饲养员
朱文学	光化	下冰结链环	白莲营一连二排长
刘碧馨	三处	冰六清地测量受赞扬	三处女技术员
李荣成	襄阳县	舍己为人的党支书记	共产党员
陆玉喜	襄阳县	工作大胆，被评为模范	民兵
侯明珊	襄阳县	吃苦耐劳模范	社员
李老花	襄阳县	工效高女模范	社员
孙继贤	襄阳县	模范炊事员	社员
刘双成	襄阳县	模范宣传员	社员
吴先爱	襄阳县	作风民主被群众赞扬	共产党员
周明年	襄阳县	发动群众三同干部	共产党员
唐祯庆	襄阳县	制超声机一个	工人

姓名	单位	事迹	面貌及职务
张祯书	襄樊市	制超声机一个	工人
范新吾	襄樊市	制成砌墙板角铁工器一件	工人
乔天长	襄樊市	提高工效一倍	
施世贤	襄樊市	革新法西兰头钻眼子，提高工效4倍	工人
黄宝兴	襄樊市	制成绞塔力牙齿簧工具，提高工效一倍	工人
吴荣宽	欧庙乡	关心民工生活得到赞扬	共产党员
秦选耀	欧庙乡	关心民工生活得到赞扬	共产党员
刘香义	光化	一天推车15方	社员
唐玉华	光华	女魁元，七里崖摆擂台	社员
吴三秀	光化	运土方全营第一	社员
李万里	襄樊市	工地劳模	船员
田守义	襄樊市	劳动模范	社员
魏小狗	襄樊市	干劲高被誉魁元	社员
陈忠顺	襄樊市	英雄船工称号	船工
周秀英	襄樊市	花栏之誉	社员
李椿香	襄樊市	英雄榜人物	社员
吴芝华	襄樊市	英雄榜人物	社员
随开春	襄樊市	英雄榜人物	社员
张金山	光化	模范	社员
张地云	光化	赵子龙之誉	社员
杨明杰	光化	擂台英雄	社员
钱耀量	光化	70岁老英雄	社员
陈素华	光化	打碡超过男子汉	社员
肖光荣	枣阳	运输拉车双重模范	社员
王桂英	枣阳	红旗标兵	共产党员
罗正全	枣阳	罗正全红旗战斗组称号	共产党员

姓名	单位	事迹	面貌及职务
安延富	枣阳	劳模	共产党员
王光延	枣阳	劳模	社员
文运凤	枣阳	劳模	社员
安家兰	枣阳	劳模	社员
邵万积	枣阳	红色指导员	党员指导员
孟宪芳	枣阳	模范炊事员	社员
宋明英	枣阳	红巧姑娘	共青团员
李玉华	轻湾	工地一枝花	共青团员
王德银	枣阳	工地好管家	会计
齐永秀	枣阳	三不闲宣传能手	社员
张瑞华	枣阳	带头队长	妇女队长
罗正金	枣阳	车子高产长寿红旗手	共产党员
刘文金	枣阳	老劳模积极分子	社员
王崇祯	襄樊市	吃苦在前的领队人	船工
毛凤英	襄樊市	老当益壮的女民兵	船工
吴广兴	襄樊市	红榜有名	社员
宋万清	环城公社	小脚奶奶上火线	社员
善支珍	环城公社	英雄	社员
王玉贤	襄樊市	改革工具能手	社员
谢士玉	襄樊市	认真负责的妇女干部	三处干部
杨正兰	襄樊市	老将当先	社员
贾智	襄樊市	68岁老模范	社员
潘秀英	襄樊市	跑快举高打碛英雄	社员
刘家祥	襄樊市	推车高产模范	社员
范光炎	襄樊市	57岁模范	社员
蔡云清	襄樊市	模范	社员
左金才	襄樊市	推土英雄	社员
王家祥	襄樊市	筑路积极分子	社员

姓名	单位	事迹	面貌及职务
陈明英	襄樊市	筑路尖兵	社员
乔世英	襄樊市	打夯尖兵	社员
宋连珍	襄樊市	大公无私的榜样	工人
包德芳	随县	模范炊事员	社员
连正友	随县	车子王	社员
万加厚	随县	好卫生员	卫生员
方爱华	随县	县甲等劳模	共青团员
郭友英	随县	姐弟积极分子	共青团员
郭友明	随县	姐弟积极分子	社员
周守英	随县	热心快肠老妈妈	社员
徐祥珍		热心快肠老妈妈	社员
廖厚英	枣阳	县特等劳模	社员
李立志	枣阳	中等劳模	民兵连长、党员
何玉芳	随县	乙等劳模	共青团员
邱学明	万和公社	推运尖兵修路模范	副连长
李云莲	随县	特等劳模	共青团员
张友英	随县	模范	共青团员
刘淑英	三处	三处红旗标兵	共青团员
黄锡忠	三处	三处红旗标兵	工人
姜文忠	襄阳县	关心人民群众生活的好支书	支部书记
杨新顺	光化	用革绳做滑丝试验成功	社员
王洪顺	光化	创双推框推土法	社员北
闵秀兰	光化	推迟婚期筑路姑娘	社员
周小提	随县	县乙等劳模技术干部红旗手	共青团员
张栓令	三处14分队	创造以元钢圈代替滚珠轴承	工人
王泽英	襄城	一等劳模	共青团员
李世来	三处	改装立式车床提高工效一倍以上	工人
王井军	三处	三八红旗手	党员医生

姓名	单位	事迹	面貌及职务
黄从志	光化	七里崖妇女连带头人	社员
吴石英	三处	勤俭持家好家属	居民
黄云秀	光化	好干手	社员
李祥照	光化	红旗老人	社员
王德业	随县	大胆革新能手	工人
陶义琴	随县	战斗排女英雄排长	共青团员
汪承英	随县	循环红旗战斗排长	共青团员
傅正均	光化	推车老模范	社员
甘洪林	随县	老当益壮老战士	社员
肖虎林	三处分队	推迟婚期的劳模	工人
赵明编	张湾公社	与群众同甘共苦的干部红旗手	党员
阮胜才	襄阳	优秀带头人	党员
姜文忠	张湾	深入群众的好干部	书记
张朝刚	朱坡	模范炊事员	社员
云必昌	张湾	人民的好干部	党员
乔武记	襄阳	好书记	党员
杨洪云	襄阳	女标兵	社员
王九斤	襄阳	模范	社员
王成秀	随县	特等模范	团员
左宗裕	随县	民工的关心人	党员
李国江	光化	模范炊事员	社员
陈凤英	光化	大战砂石滩女英雄	社员
李淑琴	光化	大战砂石滩女英雄	社员
朱三姐	光化	大战砂石滩女英雄	社员
凡全树	随县	创板车全勤50天纪录	社员
王仁勇	枣阳	王仁勇运输队	社员

目 录
Contents

序 曲

》 大自然的洗礼

鄂西北，高铁经过一个叫居川的小镇，这儿的镇卫生院相当有名气。

这是一个新型的卫生院，医疗设备是市医院级别的配置，市里的名医轮流在此坐诊。

现今卫生院更出名了。2019 年 9 月 26 日，85 岁高龄的槐花被送进来，病危三天，没死也不活。而为了这个病人，来了一位更神秘的医生。

这一次来坐诊的医生姓张，据说是最年轻的副院长，他来的主要原因就是这位槐花老太太。自急诊住院接受输液以来，她心跳缓慢，除此便没有其他生命的体征,这一现象与他的一篇论文《论爱的灵魂存在和传递》所描述的十分相似。

谁料张医生刚来，就接受了一场大自然的洗礼，就像 1935 年洪水来袭的前兆。张医生刚收住后脚，夏末的天气说变就变。刚刚还是阳光灿烂，这会儿风就吹过高铁，爬上高速公路，然后掠过原野，迅速滚过卫生院屋顶和窗户，吹得天晕地暗，让人们感觉群魔乱舞。

风起云涌，头顶的黑云越来越低，就像压在人的心上令人感到窒息，

魂飞魄散。

黄昏时分，乌云密布，闪电带着毁灭一切的气势威吓着人类。

天边突然响起一声炸雷，和着闪电，像长鞭挂着刺，恶狠狠地甩过天穹，响声落在了小镇四周，天地的威压越来越重，闪电破开浓得化不开的乌云，照亮远处昏暗的山峰。

紧接着雷劈下来，随着一声巨响，天空大笑，仿佛在酝酿更大的阴谋。

一秒之差，云层间闪出亮光，凌空之下，槐花的床头现出雪白的光线。

又一道尖锐的闪电将天际破开一道凄然的白，像一道貌似蛇形的利刃，格外刺人的眼睛。

眨眼之间，倾盆大雨从天而降，雨势越来越急促、诡异。

借着闪电，张医生清楚发现浓厚的云层上面挂着星星，把天隔成直立的三层：密密麻麻、层层叠叠的上方是蓝色的夜空；中间的一层，只见一道彩虹在星星之中穿梭交替闪现；下一层是飘逸的云朵。

更甚的是，东南边雨不停，西北边晴空万里。这样的黄昏天象美丽炫目啊，而他明白：这是大自然的洗礼！

他不止一次地目睹到这样珍贵的洗礼，总在不经意间发生。难道是光和物理的世界在诉说什么？

好像是一种认证与思维的统一，就那么凑巧，天空发出一道白光，似照相机的快门一闪。

难道是一种空中的暗物质与槐花的物理世界的量子纠缠的灵魂意识在交流？

他见槐花脸庞平静安逸。她长长的眼线，高高的鼻子，看似微笑的嘴唇和一头厚厚的银发，她年轻时一定爱笑和爱美。

她的脸和额头嵌着85岁老人的褶皱，是笑的样子，让病房弥漫着生命淡淡的气息。

» 张医生与槐花灵魂的对话

张医生说："我是你的医生，我不清楚逝者会不会去另一个世界。不过我知道人是应该有精气神的，或许就是灵魂。老人家，你的生命中一定有深深的爱意。爱不是人类发明的东西，它一直存在，很强大，能让我们超越时空的维度来感知它的存在。也许我们应该相信它，尽管我们还不能真正地理解它。"

这时候，护士让张医生看床头的监视器，心脏弯曲的幅度大了。

张医生继续说："老人家，床头有一本《农民特种兵》名字的小说，是你的心灵在与他们说话吗？这本小说讲了能够传递爱的灵魂，你也会是书中的人物形象吗？我认为从生理角度来看，人死后意识还存在，也可能从濒死者的心理角度解释为一种未完成情结或者未实现的愿望。我肯定人是有灵魂的，一个有灵魂的人就会有梦想，而有梦想就会有希望，书里的人物让我欣赏他们爱的灵魂，因为执着而瑰丽耀眼。人哪，有什么样的磁场就会有什么样的人生。老人家的身边一定有一个磁性的环境，我可以探索到，它也吸引着相同的人和事。"

这时，护士说："张医生快看！心脏跳动的活力加强了，她是与你对话呢！真明显。"

一旁，张医生猜想：刚刚槐花用她独特的方式在与自己对话，说明她还没有撇开对幸福的追求，她一直在寻找另一个灵魂。

张医生激动地拉着槐花粗糙的手站直了说："我要去寻找您一直在寻找的另一个或另一些灵魂。"

槐花目前被诊断为假死，也许就是在心灵路上迷失了自己，她害怕自己再也找不着自己的灵魂，也许此刻她只是在梦中讲不出来，梦在启迪她的潜意识，努力让自己和谐合理。

第一乐章　苦涩的往事

理想、梦想、幻想，黑土地母亲的儿子是农民，他们是有
博大胸怀，以厚重的人格尊严担保的伟大儿女。

» 不断接受暴风雨挑战的农民

尽管槐花听不懂张医生讲的道理，可是她的全部表情都是：在倾听。

张医生说："老人家，当今有两项科学研究搅乱了世界，它们是暗物质暗能量和量子纠缠。"

这两项研究搅乱了世界。我们认知的物质，仅仅是这个宇宙的 5%。意识其实也是一种物质。既然宇宙中还有 95% 我们不知道的物质，那灵魂是有可能存在的。

这是科学的世界，世界如此浩瀚，人类如此渺小，我们千万不要以有限的知识去评判宏大未知的智慧。而探索宇宙真理的道路，也是我们一次次将世界打破重组的过程。每一次对世界的重新认识，都是我们对生命的重新认识。

此刻，门口站着一位年轻女子，她拿着瓦罐，看样子到了许久。她很有礼貌，说话极有条理："您好！张医生，刚刚您对我婆婆在心理理疗，您的格局给我新的启示。曾经的历程，暴风雨中的千湖之地，一位人民公仆领着脸朝黄土背朝天的农民抬起头挺起胸膛，认知这个世界。终其一生，其实我们只做了一件事，那就是了解生命，认识自己。世界有多大？寿命有多长？生命是什么？我想做什么？我们这一代在认识了人民公仆、农民民兵、农民特种兵之后，明白命运在自己的手心里；明白了人要有精气神，要传递人类的爱的智慧的灵魂，这是最好的生命，最高调而高质量的生命！"

打断他们谈话的是雨。雨停了，雨后彩虹让风变得更轻盈飘逸，风姑娘潇洒来回穿梭，病房有了凉爽，这样的病房让夕阳晚晴变得明媚。

张医生对这女子点头，继续他的心理理疗。只是他的声线如一束光，愉快而虔诚："老人家我陪着你。我知道你已经听到我讲的话了，其实我是坚定的无神论者，只是我同时认为地球上有许多未能解开的奥秘，我想探索，让我和你在漫长的生命之中寻找那些陪伴你的灵魂！"

他们陪到夜光如水。银色的月光温柔地照亮了老人的面容，深沉而安宁，还有一种美的幸福。夜里，空中的星辰与她融为一体。

　　　　　谁唤醒了她？她怎么回到了年轻？眼前，一个个人朝她
　　　走来。

》 "槐花，很高兴再见到你。"

子夜，葡萄糖、生理盐水，淡然安静地顺着输液管流入槐花的血管。

槐花这名字很好听，春荒断粮的时候，农村几乎家家都采槐树上的花，洗净后拌入杂粮做饼。当年槐树飘香时，她出生了，名字自然就是槐花。

她生在山里猎户之家，跟着爹爹认识了山里的许多本草花木。

山姜是她常吃的好东西，果然皮肤润泽；有人体内有邪气，她热情送去山里采的木香，还有山谷里各种治病的救人花草：木兰、牛膝、天名精……总之，人们心目中的槐花长得像观音姐姐，行事也善念如佛。爹爹选了一个能扛事靠谱的女婿。

突然感觉云山雾海，有人在说农民特种兵，这怎么可能呢？她飞了，被一团淡灰色的雾包裹，她看见了50年前的一个黑洞，她高声喊："这个洞不得了！小心啊！"

四边一片死寂，黑洞不见底，只有沼泽湿地露出狰狞。

"当家的！"她撕心裂肺地呼喊，但哪有人影？当年几秒就被吞噬得不见了，冷冰冰的泥浆，一瞬间吞下5条民兵汉子滚烫冒汗的身体。

槐花伤心欲绝，她正欲跳下去，被一双结实的臂膀抱住。

她认识，几十万民兵都认识他，他怎么能那么说话呢？槐花上去抽了他一巴掌，他还重复说："槐花，你两岁的儿子占国不要了？我要！我做他爸！"

冬雷和闪电，乌云翻腾，天空在咆哮，天地发出尖锐的嘶吼，震耳欲聋而不可战胜。

年轻的槐花的魂在寻找当家的魂、占国的亲爹之魂。她的灵魂漫天飞舞，踩着云，踏着风，在月光下树影中呼唤。

云不语，低下头；风不理，不再舞；月亮躲进云层，不再亮；只有树，那是她种的树，唱一首歌，她小时候娘教的，她记得很牢：辛夷、丁香、杜若、白蔻、白薇、陈皮，半夏、紫苏、龙葵、曲莲、合欢、繁缕、陈皮、沉香、丹砂，雪蚕、厚朴、蝉衣……

无声无息，灵魂变成红色，从输液管溜出去。张医生很兴奋。他通宵达旦翻完《农民特种兵》小说，经历了一次槐花的人生。

凌晨，张医生来到病房发现，吊着的瓶里还有药，但针头却掉了下来，有淡淡的粉色的回血，他喊来护士。

护士感到很冤，她明明只换了瓶子，针头没换。

护士说："您是医学院来的专家，批评我的服务态度有问题我认了，您不晓得，谁家没有老人？我也心疼这位老人家。但是，您还要看她的手，长满老年斑的手上，满是针眼，为么事呢？她的血管都是扁的，针打不进，最后是请小儿科护士长，才进去了。但是第二天还得打针输液呀！只能把针留住不拔。也是怪，明明死了，魂都飞了，命还熬着，张医生，您看她这个样，想是她活了？"

病房肃静，张医生有点欣慰，听诊到心跳好像有点变化，大脑皮层应该有点意识了。

其实槐花真的看见两岁的儿子占国在喊："娘，要吃咪咪。"怎么是两岁的占国？他不是要娶媳妇儿吗？媳妇儿是老师呢！

一会儿槐花感觉心痛，哪天？对！那天，抱着占国的冬生说要娶自己。

又不一会儿冬生喊："我的魂在闪光的林子里那棵树里，来吧！"

槐花寻找过去，她看见了自己的灵魂，是一道浅浅的白色的雾，她说："等哈子，还有没见到你的战友们，你最在意的兄弟姐妹们，我觉得他们从历史的暴风雨中走过来了！"

她看见了农民特种兵水生、冬生、光明（狗娃）、春华、太明、启娃、娇娇、虎子、彪子、学禹、春花、紫荷、秋菊、冬梅、金诚和黑压压的一队又一队的看不到头的民兵战士朝她走来。

》女农民特种兵槐花和她的战友

病房内，槐花听她的媳妇秀秀给张医生讲述自己断肠相思天涯的那些人和事。

秀秀就像从金色中走来的荷花亭亭玉立着，发出淡淡的莲香。

占国喊她秀儿，秀秀与占国在上海大学生交谊舞会认识，两人一见钟情。

　　本来毕业之后两人都能留在上海交通大学任教，但在北京高铁任总工程师的春华把他们要到北京高铁设计总部，做助理。

　　首都北京有了他俩的小家之后，占国准备接槐花来北京住。

　　可是，槐花坚决不去打扰小夫妻的温馨，其实她宁愿守在乡下的老家是因为这里有她思念的人和事。她只去过一次天安门，她幸福快乐地说："这辈子啊，值！战友们兄弟们姐妹们哪，我装着你们的魂来看毛主席住的地方啦！死也值了哇！"

　　此刻的秀秀作了一个艰难的决定：同婆婆一起回老家，伺候老人最后的日子。她做了小镇小学的老师。

　　秀秀眼眶湿了，婆婆是她最好的老师、朋友和母亲。她渐渐了解婆婆传奇的人生经历，眼前病床上的老人迟迟没有离世，是记挂那些人那些事啊！

　　"早哇！又熬粥了？"张医生打招呼道。

　　"张医生，我想一晚了，婆婆不想离去的灵魂在寻觅老的歌曲、去世的亲人，还有汉丹铁路，还有丹江口水库……"

　　"丹江口水库和三峡工程我知道，汉丹铁路还真不知道。我建议你在病人床头讲，老人家也许会瞑目的。"

　　一旁的护士道歉："秀秀老师，对不住了，刚刚针头不知道咋的掉出来了，又请护士长来打进去的。老人家在等谁？我娘告诉我，有些老人就是心里吊着思念而迟迟不走。"

　　秀秀说："我仔细查阅了一些可能与我婆婆生病的有关资料之后，想就一些问题请教您。"

　　张医生感到意外，这小镇上的年轻小学老师不简单。他点头请她讲。

　　"我首先排除了几种精神系统的常见病因，比如癫病，俗话说'羊癫疯'。癫痫的发作形式可分为五大类：大发作、小发作、精神运动性发作、局限性发作和肢痛性癫痫。如果夜间睡觉时癫病发作，便可能发生'窒息死亡'。从网上查到这些信息，对照我婆婆的状态，她应该不是癫病。"

　　张医生问秀秀："你查过'活死人'的传统的界定标准吗？人的死亡

界定标准一直存在着争议。西方一些发达国家为这种死亡采用的是'脑死亡'的界定。这里的生死问题，网上一直有较真的讨论。有时候，还真的做不到泾渭分明。甚至于诙谐幽默搞笑说'有的人死了，可活着；有些人活着，却死了'。"

"您说的没错，我特意去县城图书馆查阅，也上网搜索，知道了医学上将人的死亡过程分为三个阶段：一是濒死期；二是临床期；三是生物死期。其实民间传说的诈尸现象，应该发生在人的临床死亡期。"

张医生说："你查的资料都是非常专业的概述，搞清楚一点也有心理准备，很好。在临床死亡期，人的中枢神经系统的抑制过程，又由大脑皮质扩展到皮质下部和脑干，但微弱的代谢过程仍在进行。虽然作为统一整体的人体看似已死亡，但构成人体的细胞、组织和某些器官仍可保持一定的生命机能。所以，如果抢救手段有效及时，这个阶段的'死人'仍然有复苏的可能。我在网上查阅了一下国外同行的资料，注意到医学上的一种'超生反应'概念，也许可以解释你婆婆的所谓明明死了又活着的现象。同时还想探究叫意识或者灵魂现象的存在与延伸，这是量子纠缠表现的心灵感应。我希望通过你婆婆的研究深入探索，这是有利于临床应用的。"

"您可不可以讲具体一点？"

"汉丹铁路让她魂牵梦萦吗？你婆婆是一个什么样的人？"张医生咨询秀秀。

"汉丹铁路一直都烙在'九头鸟'心里，它代表一种永不妥协的精神，让我婆婆至今保持着一种勃勃的战斗姿态。她是村里参加汉丹铁路和丹江口水库建设最后活着的女农民特种兵！"

"她是这本小说里的特种兵吗？"

"书里所有的人都是她的战友、亲人。"

张医生仿佛看到答案就在不远的地方，他说："你婆婆的灵魂是在寻找他们，她甚至能够听懂我们说的每一句话、每一个字的含义！甚至于那掉了的针头也是她的挣扎。我请求你读这本书，让当年这位女特种兵去与那些人那些事心灵感应。"

秀秀沉默。张医生继续轻声说："那个历史时期的创业者的生命顽强从老人家身上得以体现。灵魂与心灵、信仰、生命牵成了一条七彩的虹，汉丹铁路、丹江口水库，讲吧！老人家在听！你看机器上心脏的搏动！"

» 水生，有时候，你必须做自己的英雄

"好！婆婆心中装着几十万民兵兄弟姐妹们对后代子孙的情义，我看见了她眼里散发出太阳的光芒。"秀秀说。

"哦，你研究心理学？"张医生觉得此行特别值得！

"是的。研究生存环境、教育环境，然后比较城市的教育环境。我发现差异不是一点。卡尔·荣格这位著名的心理学家有一句话给了我启示。他说往外看的人在做梦，向内审的人才清醒。清醒的人有任务意识，当他完成了潜意识中努力向上的内容，则是一个高尚的灵魂。"

"你讲的是从暴风雨中归来的人吧？"

"对，我讲的这个人名叫胡水生。"

当他们习惯地看向婆婆时，吓了一跳。槐花的眼角，似乎出现一滴浑浊的水。秀秀想：婆婆讲过胡水生，现在又由胡水生去感应她的灵魂，这个认识过程造就一种精神。

想到这儿她对张医生说："灵魂其实是一个心理成长过程中凝聚的一种精气神。如果能够看透人心的世界，把自己的人格统一起来，成为自己理想中的样子，就会有'合一'了的感觉，如传统文化中称之'天人合一'的境界。往往这种人就收获了一个灵魂，并让灵魂发出爱的异彩，这是心理学的范畴。"

接下来，秀秀开始讲水生的传奇出生。

》1935 年夏，襄阳城头

洪水淹没到离城墙一尺左右，被水围住的灾民绝望而悲哀。一个小女娃指着乌云压顶的天空发出哭声："娘，我怕天塌下来！"

只见乌云惊天动地地滚动在人的头顶。厚重的乌云，此刻裹挟着弱小的太阳，通体透亮。

这个一瞬之间庞大的黑兽，头上泛着墨玉一般的光亮，那么残酷、耀眼而狂暴地美丽。

仅仅一刻，乌云吞噬了一切，远近的光亮一丝不现，然后整个天空就都没入了黑暗。

突然，凄厉的童声响起："娘！"

无数的眼睛循声而望，发现离墙头百米左右的前方，一个木盆被浪晃悠调戏，哭声从木盆中发出，眼神看得远一点的喊："娃儿！是个小娃娃！"

"小手抓盆边紧紧的，好娃儿啊……"

还有清醒的人喊："这娃从哪儿漂来的？"

"他家大人没了……"

"娃儿漂了多少时辰？"

"那高的浪！"

"别松手！娃啊！"

多少担心，多少祈祷，却束手无策……

"看！跳下去了！"

一个人影突然一跃，他拨开浪头，奋勇向木盆游去。

一时间，万目聚集。"好人哪！老天有眼帮他救回娃娃呀！"祈祷声在汹涌的洪水面前，是如此的微弱而苍白。

有时候，你必须做自己的英雄。老祖宗说，生如蝼蚁当立鸿鹄之志，命薄如纸应有不屈之心。此时，乌云蔽日，雷鸣电闪，狂风骤雨又开始了。

天空忽明忽暗，水里的勇士志在救孩子，他听到了孩子的委屈还有恐惧，他更奋力拼搏而进。

　　"哗……"又一个三尺高的浊浪从空中落下，恶狠狠地发出震耳的讥笑，射中了城头上的所有人。

　　被水中的勇士鼓舞，岸上的人们齐声高喊："加油！"这声音带着热血和真诚，让洪水一时间不爽，翻腾起一股肃杀之气。

　　此刻，洪水散发出天地间最大的威胁和压迫，它一边作威扬势，一边飞浪抛起，一浪高过一浪。

　　人们的吼声与这浪比高低，木盆中不知所措的娃娃显示出小小生命的力量。

　　他乌黑发亮的眼睛与向他游来的同样乌黑发亮的眼睛相呼应，他从水里的人的眼睛里看到了自己。

　　他踩着滔天巨浪而来，望着娃娃笑，娃娃也挂着泪珠儿笑了。

　　娃娃忘了一切困扰，他竟然松开抓盆沿的手，交给了这双救他的大手，乌黑的眼睛闪出光芒。

　　"抓住了！"人们高呼着，忘记了城墙边的水又上升了几寸。

　　这个勇敢的男人的魅力留在娃娃幼小的心灵深处，娃儿眼前的人威武好看，男人眼中的两岁多娃娃十分勇敢。"不怕，来！一会儿说不定会见到一个小妹妹！"他摸摸孩子的小脸，然后推着木盆，踩着浪，向城头游去。

　　他坚定、自信、充满怜爱，他要做这孩子的父亲！他的大手是娃娃的定心丸。

　　片刻，白浪更无休止地恐吓着幼小的生命，它像一条大蟒蛇阴险狡诈，恶作剧般更来劲地盘旋、滚动。

　　木盆在层层威逼的水浪中向城墙推进，承受任性的水浪的拍打。但是，孩子没有害怕，他用小手为男人的眼睛擦去水珠，孩子破涕而笑，那是一种纯真的笑。

　　孩子温暖信任的笑，坚定了男人的眼神，让他充满父爱。

　　这时候，洪水的呻吟发出了更危险的信号。

　　说来就来，一股暗流凶狠穿过水中的人和木盆，给男人最后的打击。

　　这时众人施救，木盆被四根扁担卡住，孩子被几双有力的手抱上了城墙，终于从洪水中脱险。而这位男子却遭遇劫难。当他刚放手，洪水诡异地变成冲天的水柱喷涌，那模样就像野兽伸出长舌，把他卷起又恶狠狠地甩出，然后再卷起，再吐出来，直到他筋疲力尽，又把他甩到一个硕大的圈子里。

这圈子是螺旋形的流水往下旋转，层层的螺纹是旋浪，浪越旋越快，甚至发出尖锐的哨子声示威。水面像煮开了，男人被洪水的力量吸入到深渊无影无踪。

就在一刹那间，陪伴男人的是一声嘹亮的婴儿出生的哭声，那是他的小生命，不管不顾、骄傲任性地来到人间。

或许，他在一刹那间听见了生命接力棒传递的"父亲一路走好！"

婴儿的哭声引发出被救幼儿的大哭，为什么双亲把他放进了木盆后不见了？为什么找不到给了他生命的恩人？

小男孩用小手指向洪水喊出第一声："爹……"

当人们把这个小男孩送到产妇面前，他毫不犹豫地喊了一声："娘……"

这一声娘让产妇一把抱住丈夫用命换来的儿子，再也不想松手，一双美丽的眼睛里的柔软和坚定把幼儿的恐惧驱散："孩儿，那救了你命的是你爹，我是你亲娘。今日起你名叫水生，胡水生！"

水生的娘对水生语重心长："这婴儿是你亲妹，她叫胡学禹，儿啊，再喊一声娘。"

"娘……"水生的声音一声比一声高，这孩子顶多两岁，众人皆泪。

人们敬重地看着这位端庄美丽的产妇抱起女婴，牵着儿子水生，一步一步走向城头，抬头仰望天空，望向水连天的远方大声说："孩子他爹！你有一双儿女了，听到我说话了吗？你对我说过，中国的洪水会有新的大禹整治，你的女儿的名字是你起的，我向苍天起誓，养大他们去寻大禹治水，子子孙孙无穷无尽地寻找，让天下洪水改道，不再祸害老百姓。"

说完，她跪下，小水生懂事地跟着跪下了，面对着那个夺走男人性命的漩涡，磕了三个响头。

这时，天上出现一道亮丽的光，闪出万丈光芒。然后，天空中出现奇

特的画景：云，变成汹涌的洪水，洪水被闪电撕破一道口子，一个勇士义无反顾迎在风雨中游向木盆，木盆里无辜的水生，勇士与水生紧握着双手，勇士被漩涡吸走。

几秒钟之后，云朵向天水之际消逝。

之后，一线蔚蓝色从乌云中钻出、扩展，像一朵神秘的蓝玫瑰，慢慢扩大伸延成一串串蓝色的形状，夹在金色的光芒中。

所有人痴迷且深深记住了这一瞬间：不是只有太阳才能发光的！襄阳城头的这个男人、这个水生、这个产妇、这个女婴，还有这云景的照片，象征人类的情义之光的折射，经久不衰地传递于荆楚大地。

» 冬生说，水生是一个在暴风雨中飞翔的鹰兄弟

1944 年 2 月 8 日，冬生见过水生，他站在自家小院子门口，天气真的能冻死人了。

他褴褛的衣服上全是洞，就这样站在北风呼啸的哨子声中。

哨子声从院子、窗户、屋顶川流不息地尖叫，恶作剧而得意地从水生衣服的破洞里来去匆匆。

飘着雨的倒春寒夹着雪粒飘入大地的每一个角落，必须要出门的庄稼人觉得这是运气不好的一天。

水生的运气基本都是这样糟糕，今日冻得够呛，他想大声哭，想放弃。

可是一有这样的想法，就有另一种想法同时出现：想都别想放弃！因为我相信，找回母亲和妹妹的信念需要坚持。所以水生的嘴角艰难地微微向上。

冬生从窗子缝里偷偷瞧见了水生，心里十分敬佩。

水生的衣服用稻草扎在腰间；裤腿膝盖的地方也用稻草绳系了好几道，黑烂的几丝棉花还是钻了出来，像钉在那儿一样；脚上的布鞋外面也是编

织着草鞋套。

水生站在那儿，唯一的动作是把头埋在衣服领子里，如果那算是衣领的话。双手紧抱在胸前，似乎在护着一样重要的物品。整个人看上去就像稻草人一样。

冬生的奶奶告诉过冬生，在苦井水中泡过的人最能吃苦。

冬生欣赏水生，尽管他看上去如此糟糕，但浑身充满着一股不服输的劲头，还有倔犟、执着之气。冬生喜欢听水生讲他寻找娘亲和妹子的故事。

清朝末年，民间有《绣谱》一书，这是一个通画理、精刺绣的女子写的。这女子便是娘亲的祖母，她家族的手艺传女不传媳，为的是让女儿嫁出去能自立自爱。

刺绣的手艺让娘亲的荷花绣帕供不应求，日本人想连人带《绣谱》一起送到日本。可是一场洪灾，绣娘失踪了。

洪水退后，浩浩荡荡的逃难人群的路上，时不时有人倒下，这让娘亲十分恐惧。

此时，一位来救命的姑娘出现在娘亲面前："我在襄阳求购你的荷花绣手帕，水就涌进了襄阳城。今天竟然这样与你相遇，是心诚则灵啊！"

说着，她取下一对金耳环和宝石戒指，说："我逃洪水，来不及准备逃亡的干粮，我知道你为了两个孩子活命需要吃的。这些可以换到一些，我只想有一块梦寐以求的荷花绣手帕。你应该知道的，这手帕可以参加巴拿马世界博览会，为中国争光。当然，也为了给我自己的人生添一笔丰厚的阅历。"

这个陌生的姑娘让我娘认识到一个拿钱买不到的启示，就是只要活着就要努力奋斗和坚持学习。

娘亲说："你喜欢荷花的品质，喜欢我们的绣功，你是与我丈夫一样的人。这是我留给女儿的，真是可遇不可求的缘分，赠你一幅绝品去参加展览吧。"

那姑娘千恩万谢："你们往前上十里地，有一家人是我爹的朋友，拿

着我的戒指，他会供你们暂住歇脚或者做绣活。"她小心翼翼地把娘的绝品手帕包了好几层。

有人问："你娘找的那家人是在这一带吗？"

"半路上'跑反'就是跑土匪，娘把我暂时寄养在一个没儿子的家，她背上妹妹去了那一家吧。"

水生滔滔不绝告诉人们他走过的人家，告诉世人荷花绣的渊源，还有自己名字的来历。

善良的村民被水生感动，纷纷为他指路。好心人告诉他，冬生的爸爸是读过大学堂的人，他们一家人都可靠，在这一带很有名。

这个小小少年的故事让冬生好感动，水生就是父亲对他说的在暴风雨中飞舞的那种人。

冬生快步走了出来，心里涌出兄弟的情谊。

此刻的水生见有男孩走出门，忙问："请帮我打听一下会绣荷花的母女，好不好？我胡水生会谢你家一辈子的！"

"你可以进屋说吗？我奶奶也会绣花。"

"我就站在门口，冷会好一点。"对着差不多年龄的冬生，水生不想进去。两个人从院子挪到房门前交流起来。

"我娘的绣功在整个千湖之地是一绝，她随便看一眼画片，就可以照样绣出来。"寂寞的水生终于可以对别人夸耀自己的娘亲了，他滔滔不绝，充满了活力而忘了冷。

"真的好奇怪，照着画片绣就行了？不用画在布上？我奶奶也做不到。可惜奶奶的眼睛瞎了一只，再也很难绣东西了。唉！"冬生深深叹了一口气，样子像个小大人。

水生马上转一个话题："我娘特'雷实'，她绣的时候用好多的丝线呢。告诉你，我小时候看见娘抽一根线，剪断，捻开线头，劈出八股，搭在肩上，再取出一根细针，穿上线，先绣一片花瓣，只绣十多针，就换一种颜色继续绣。我在娘旁边数过，绣一片花瓣要换七八种红色，绣完的花瓣像真的一样。等找到了我娘，我请娘给你奶奶绣一幅荷花手帕，好吗？"

水生看漫天飞舞着的雪花，娘亲仿佛在飘洒的雪空里绣花。他想娘和妹妹呀！娘亲和妹妹的每一个表情他都记得清清楚楚，娘亲啊！儿子想你呀！

冬生注意到水生的泪水，忙说："是吗？我奶奶也没见过这么出神入化的离奇绣法。"

水生说："有这样绣品的地方就能找到我娘了。"一下就倒在了门口，全身蜷缩颤抖起来。

水生醒来后，发现衣服已被脱光，赤裸裸地塞在炕上的被子里，冬生亮晶晶的眼睛和他对望着："奶奶！快看水生，他醒了！"

冬生的奶奶端来热气腾腾的米汤："先暖小东西的胃，再喝放红糖的生姜水，这是奶奶因人而异开的方子。怎么？想要继续讲你娘？可以，小兔崽儿在雪雨中没跳够？待活蹦乱跳的时候再讲！"

水生第一眼就喜欢上冬生的奶奶，他眨巴着眼睛拼命想憋住泪水，可是只叫了一声奶奶，泪水就喷了出来。

这泪水又苦又酸又辣又涩还甜，奶奶看着这没娘的孩子，心疼！

正在这时，冬生喊："奶奶，我听见了！是我爸回来了。"

"就你的耳朵好使！"奶奶满眼都是溺爱。

水生心里突然一急，跟着就往外钻。奶奶和冬生一看，两人的眼睛笑成了弯弯的月牙，满炕都是笑意。

水生一看，自己赤条条的，隐私都曝光啦！他像一条小鱼仔一下子又钻进被窝，连头都包进去了。

一会儿，他又把口鼻眼露出来，发现冬生的笑脸正对上他，便扭捏了一下问："我娘有消息没？"

奶奶没有再笑，很郑重地说："其实你小子精灵，你家的故事牵着好多人的心，冬生他爸确实帮你寻你妈和妹妹了。"

奶奶的眼睛里满是温和关切，像轻拂的春风驱散所有的冰凉，这是遥远的娘亲给过的感觉，那样慈祥贴近，毫无距离。

水生突然发现，他不再是小乞儿，而是最让奶奶心疼的孙儿。

冬生的爸爸这时进屋，看着炕上眼窝含泪的少年。

水生想起床，奶奶却把冬生的爸爸拉了出去。他听到奶奶在问："苍术、白芷、丁香、佩兰、艾叶、冰片、藿香、樟脑、陈皮、薄荷，配齐装了多少袋？告诉他们怎么用没？莫看现在冷，春天一到，蚊虫叮咬，睡不安，咋打仗？"

"娘，都按您的吩咐办的，上头嘱咐要您保护好自己。这少年又是哪儿来的？"

"娘问你，山里有没有绣娘的消息？这孩子找他娘好苦！"

"哦，没有听说。这鄂西北地区没动静，莫不是……"

"呸呸呸！没那夸张。"

炕头两个少年热乎，话也多起来。"你等会儿，奶奶说穿我的棉袄，我的奶奶也是你奶奶，我们拜兄弟。"

"拜把子？你的爸是我爸？你的娘是我的娘？真的？"

"真的！比奶奶的顶针还真。"

"不！奶奶是你的也是我的，可是爹和娘只能是干爹干娘。我的亲娘只能一个。"

"好！说好的一百年不变！拜吧！"水生一下子爬起来，光着屁股准备拜把子。

可是，冬生一看到水生的光屁股，笑得打滚，险些从炕上摔下来。

最后，水生自然地把被子裹着下半身，两个少年十分认真地面对炕边的火神画跪下，"我是胡水生""我是张冬生""我俩于1944年2月8日拜为兄弟。不能同年同月同日生，但愿同年同月同日死，患难与共，永远同心。"两个少年还击手庆贺，仿佛长大了。

"冬生，我不知我啥时候出生的，但我比你大，我是哥哥。我问你，奶奶为何一只眼睛看不见人？"

"唉！爷爷和奶奶那会儿年轻，冬天上大洪山砍柴卖。一个大树枝条弹过来，挡不住，左眼流血了。找医生，乡下郎中慌了手脚，不知道怎么治，连连摇头让奶奶快上县里。山路难行，奶奶的眼球一直流血，染红了雪。

等到了县里，医院的医生一看说要去汉口大医院治疗。我们这儿去汉口，租个骡子还得二天赶，家里穷，没钱啊！那个路坑坑洼洼，沿途还有鬼子汉奸，咋搞哇！爷爷急得团团转，打自己的脑袋还流泪。我奶奶说不治了，有一只眼就行！奶奶舍不得花一文钱。我爸在汉口读书，学校让他做一些活抵一些学费，听说自己的娘宁瞎一只眼也不去汉口治眼睛，我爸赶回家抱着奶奶哭着说不念书了。奶奶说，穷人家没那么金贵，再说去了汉口也不晓得医院的门朝哪儿开呀！把攒的学费拿给医院，治不好，人财两空。儿子呀，瞎就瞎一只眼，不读书，就是两只眼睛一抹黑的瞎子……"

水生说："奶奶真厉害！等我们长大了，一定要修一条去汉口的公路，你知道襄花路吗？破破烂烂的，我在讨饭的时候，看见鬼子的车开来，嘿！那车威风得很，我挖坑，一群小叫花子挖完就躲，鬼子车抛锚，叽咕叽歪，几个小叫花子上去，鬼子哇啦哇啦，我们几个趁机锥鬼子的车轮子。可是没锥动这狗日的，气死我了！等打跑了鬼子，我俩就修路，还开汽车，好不好？"

"好！你穿我的衣服，我们睡一个炕，一个锅吃饭，你不再走了，好不好？"说完，冬生笑了，他连喊带唱几声"水生哥哥，水生哥哥，哥哥，哥哥！"

这一唱不打紧，水生"哇"一声大哭起来，震得屋顶的雪直落，把奶奶爸爸妈妈都吓坏了，往冬生房间跑。

奶奶摸了摸水生的头，冬生握紧水生的手。水生寻母路上被人糟践、被恶狗追、与狗抢食、至今母亲与妹妹杳无音讯，苦瓜一样的生活掉到了蜜罐里，他终于泪崩了。

在冬生爸张先生的眼里，水生是坚强的，瘦弱与苍凉掩盖不了他的成熟、不屈。

"稻草人"换上冬生的棉袄，像冬生的弟弟。张先生不想放弃这个沿路乞讨、有见识、有主意、爱憎分明的孩子，他是可以培养成为革命接班人的苗子。但是，自己的家很危险，他不能把这个孩子赔进来。

张先生在思考的时候，水生察言观色的能力超过了他的预料，但也有

孩子的误解。

水生拉着冬生的手发誓："刚刚拜把子是闹着玩的，奶奶的恩，只有找到了我娘再来报。不过，衣裤送我了不能再要回去，我拿走那个小包了。"说完之后，他走出了这间温暖的屋子。

他恋恋不舍地回头一看，这一家人正在打量他，冬生眼泪巴巴看着他，让他这会儿的人生仿佛暂停。

奶奶温和地问："乖孙子！你留还是走由不得你做主，我说了算。不如待几日试试，留不住了你再走！回家！"

冬生抱着水生："哥哥，我抢回来一个哥哥！金不换的哥！"

当晚，水生在奶奶的照料下，慢慢睡去，呼吸变得均匀绵长，奶奶轻手轻脚回到自己的床铺，张先生在母亲的床沿坐着，头却看向窗外晚上的夜空。

大概雪把天上所有的云掏空了，剩下的就是一洗蔚蓝的洁颜，嵌入一只月牙儿的轻盈、淡淡忧伤的世界。

张先生的母亲看着自己的儿子，知儿莫若母。"你娘看娃从小看老，这娃是个有造化的好娃，明天问问。"

漫长的夜终于过去了，当窗外听到第一声打鸣，水生醒来发现床头坐着张先生，他们互相打量。

在水生眼里，这个修长个子、穿着长衫、满脸风霜的中年男人，一双眼睛警惕性很高，充满了智慧。

水生乞讨的途中碰到过这样的人，他们总会怜悯地掏出身上最后一文钱给他，并且还会摸摸他的头，仿佛摸摸头就会有好运气似的，通常会语重心长地告诉他，"金窝银窝不如自己家狗窝，孩子，回家去吧！"

水生在外流浪乞讨了两个三年，学会了一眼分辨好人还是坏人。

奶奶近距离盯着水生的眼睛："你可不可以告诉奶奶你寻找娘亲的几年是咋过来的？"

往事不堪回首，冰冷的嘴脸就是无声的见证。那些人对他的悲催习以为常，很少有人真正关注，任其自生自灭。

水生是幸运的，他明白小小年纪遇见了能带给他新生、能照顾和照亮自己的好人。

冬生一家人火热的情感，特别是善良的奶奶，让水生产生一种报恩之情，他忽然有一种担当与责任之心涌出。

他从胸前掏出一个油纸包，十分小心地一层又一层揭开，亮出了"七色荷花绣帕"，他满腹辛酸委屈化为泪水无声流出。

奶奶从小就绣花，心灵手巧，是这一带小有名气绣娘，她识货，这是国宝，不可以用没洗净的手、甚至不光滑的手去触碰它，在场的人都不可以。

水生自己也不敢，他自认为聪慧如九头鸟，也知晓珍惜娘亲的绝品。

张先生明白，这是水生的娘绣出来的人间绝品。

对于日本而言，中国处处都是宝，是宝就要拐卖骗偷。

大家看到奶奶去洗手，然后才触碰油纸，一层层还原包好，找到水生的破棉袄，把油纸插进棉花里，再把棉花牵针补牢，说："必须防贼防鬼，破袄子的确是最好的藏宝处。它不仅是国宝，还是母子兄妹相认的信物，总有一天它会重见光明！"

从此，水生成为奶奶的心肝宝贝，比冬生还宝贝。不过冬生也把水生哥哥当宝贝，他吃了那么多苦，为中国保存了宝贝。

他一点不嫉妒，还把水生带到院里看奶奶的宝贝疙瘩。

"这是奶奶的药圃聚宝盆，过去只有我一个人才许进，哥哥一来就可以进了，你一下就可以学会的。"

奶奶笑了，孙儿好样的！

冬生告诉水生："人参味甘，微寒。主补五脏，安精神，定魂魄，止惊悸，除邪气，明目、益智，久服延年。你的米汤里就有。"

难怪一觉天亮，精神抖擞，水生想。

"下面这个长叶子中开花，下面的果实像螺，从螺身上长须须了的，这是山姜，昨天红糖水里有它。喝时有点苦是吧？它味苦，温。主风寒湿痹、死肌，痉，疽，止汗，除热，消食。是爸爸从山里移栽来的。不过，

果实被你用了。"

"真不好意思！"

"这有啥！你看！"冬生一边指一边说，"女萎、女贞、木香、木兰、牛膝、天名精、天门冬、王不留行、五加皮、五味子、丹参、巴豆、巴戟天、升麻……今天就记住这么多吧。"

"还有多少？"

"应该有350种吧！奶奶和爹要求我读本草记用法，然后认字。从此以后，我会教你。"

水生听罢直伸舌头，他想：冬生比他小，他肯定要用心学，做好哥哥的样子。

冬生又对他讲："一想起奶奶瞎了一只眼找不到好药，我就不怕难了！你知道吗，穷人只要看病无钱买药，到奶奶这里就送药，一分钱不收！所以每天都有人来求药。有时候药没了，奶奶伤心难过得不吃不喝。远近的村民家里都供着奶奶。"

一天下着雨，只见一个大娘挽着篮子，站在院子外头。她身穿蓑衣挡雨，不安地来回走动。

奶奶淋着雨请大娘进门，问："是找药吧？快脱蓑衣斗笠！"大娘腼腆地露出干净补过的衣裳，掀起篮子上盖的布，拿出几块黑黑的馍来。

奶奶一见，赶忙拦下她，把她往后院药圃园子领。一会儿，大娘一脸沮丧，全是满满的失望。

奶奶很愧疚的样子，她拿出自家做的槐花饼放进大娘的篮子里说："你要的药刚被人拿走，下次我多种点。让我孙子带你去郎中家看看。"说完，奶奶摸出一块银圆塞给冬生。

大娘很不安，不愿收下饼。奶奶说："咱乡下贫困的人很多，不光是老天爷欺负咱穷人，还有这边走了那边又来的征粮征税官，日子不好过。"

大娘鞠躬走很远了还回头，冬生跟着大娘走了，揣着那块奶奶攒的钱。

奶奶很难过的样子，让水生想起上山砍柴插进她眼球的枝条，他终生难忘奶奶的善良。

"刚刚那个大娘要的就是去热去毒，有白英，味甘，寒。主寒热、消渴。还有沙参，味苦，微寒。主血积惊气，除寒热，益肺气。类似的药草，咱多种一些，其他药草弄些破罐子破碗养苗备好用。奶奶，你高兴了吗？"

一席话下来，奶奶真高兴，一边向儿子说："人和人的缘分，讲的就是一个刚刚好，早也不行晚也不行，一念之差便是错过。"她看准水生这个孩子是棵大树，笑得褶皱开花："你真优秀，奶奶没错看你。"

"何止优秀？还是个异数，"水生学张先生的口吻说，"奶奶你看，满心的烦恼一下子烟消雾散。我可不可以不背那些《本草纲目》了？"

"不可以，小滑头！"

当晚，水生接下一个任务。

张先生本来就不多话，这时的话更少。"你必须上大洪山一趟，敢吗？"

"敢！"

"叛徒带着伪军进山，形势严峻。你把这消息传给一个妇女，必须赶在叛徒前面！"

水生什么也不问，他换上满是破洞的衣裤，一个不惹人注意的小乞丐上山了！

一路上，水生心里想过，打鬼子的人长啥样？冬生的爸是哪样的人？他曾与张先生有过对话。

水生说："娘亲说我是水里生的娃娃，记住两个父亲，他们都是为我而死。我今生最重要的事就是寻中国的大禹，跟着他为民治水，不达目的决不弃。"

张先生破例说了许多话："古代大禹治水，留下'远古而生槐'和'披载着先人与天争功'的志气。大禹殚精竭虑治水的功业，成为了你心中的丰碑。不久之将来，会有成千上万的大禹治理千湖之地的水，造福百姓子孙。这一天，我们都能看到。但是一切必须从脚下开始。"

"先生，也有我吗？"

"有！当然要靠中国有血性的人、有大志向的人。有这种信仰的人，就在你要去的地方，你会看到：仁人志士为国捐躯，中国脊梁的浩然正气，

正如让你生、自己死的第二个父亲。水生啊，知道吗，他们是真正成熟的人，都活成了一束光。如果你睁眼看，不仅会看到中国的大禹，还有一切你值得看见的精神，一种爱的灵魂。"

水生装着张先生的话，装着中国的大禹，装着父亲的信仰走上大洪山！

水生这个历尽沧桑的娃娃，注定会有更多的同伴与他一起成长，比方说那个中原大地的神童狗娃。

» 光明源于内心——愿尝少年苦，须趁未老时

在一个关注土地和粮食的年代，出现了一个三岁的"神童"。

为了好养，他父母给他取名叫"狗娃"，却名动鄂西北。

发现他是神童是在 1935 年秋，一位姓田的先生。

鄂西北的一个乡下祠堂，是田氏家族作为培养孩子的学堂。

这一天，秋日的暖阳就像母亲的手，慈爱地抚摸狗娃的小脸和高鼻子，柔软而舒服。狗娃又一次来到学堂的窗户底下听先生读书，他听迷了，他想和村里的孩子一样无忧无虑地听。

在狗娃的眼里，这一座清乾隆年间修建的祠堂，看上去非常神秘有趣。房檐上的线条，怎么看都有点像天上的云朵在飘。正是正午的时光，一束光从天上射进木格子窗户，他听见里面的田先生读书了。

狗娃最爱先生抑扬顿挫唱歌一样的腔调，他后来才知道书也是有旋律与节奏的。

狗娃也如先生那样，就站在学堂的窗口与里面的孩子一起唱。

狗娃进不去的原因很简单，和学堂的孩子比，他的爹是外村人。

狗娃的爹叫魏大壮，1931 年那场洪灾中，他仓皇逃到老河口的魏氏村。

村里的村民见他举目无亲，而且的确是个厚道健康的小伙子，便撮合他入赘到村里的哑女家安定下来。

哑女名叫魏玉兰，玉兰花开时节出生的，长得倒是像玉兰花一样清秀干净，还乖巧懂事。

其实她不是天生的哑巴，年少时因一次高烧没钱医治，只能自生自灭，能活下来就是奇迹。

人们常说"大难不死必有后福"，虽然变得又哑又聋，却"娶到"大壮，还都姓魏。

村里人只喊她哑女，自大壮进门，夫妻和睦幸福，人们开始喊她玉兰，特别是没多久她怀孕了，真的是要添人丁了，大壮和玉兰更加珍惜彼此的不易。

可是，生孩子的时候，这甜蜜的两口子又遭灭顶之灾。

生娃的日子眼看就到，大壮紧张地握着哑女之手，用手比画：你到生娃还有几天，我出去打几天短工，给你买些红糖坐月子，你乖乖听村里产婆的话，等我回来！大壮用劲亲一口媳妇，恋恋不舍地走了。

哑女懂大壮的比画，她一万个舍不得地拉住大壮的手，只能无声望着一步三回头的大壮，背影满是寂寞，一种生离死别的依依不舍之情溢出。

按着日子，大壮心慌地拎着一包红糖，右眼皮儿跳个不停，他心里不踏实，提前回家。

他心里不停地说："老天爷保佑我媳妇儿平安生娃。"他远远望着那个收留他、爱他、给了他安定温暖的家，连走带跑，气喘如牛地连声喊："哑女，玉兰！我回了，你看，红糖……"屋子里静静的，有血腥气飘散出来。

大壮手里的糖包掉在了地上，村里帮忙接生的婶子抱着一个婴儿，见到大壮就哭出声来："大壮，好惨哪！哑女她走了！"

大壮奔向里屋，只觉得心里堵得慌。他抱住婶子递过的婴儿，这娃眼睛睁开了，眼珠转来转去。

婶子说："娃娃在哑女肚子里横着，又是头胎，难产。有一件怪事说给你听，哑女难产生不出娃的时候，她开口说话了。"

大壮抓住婶子，愣了好一会儿问："她说话了？"

"嗯，"婶子说，"她说肚子里是个有小鸡鸡的，我早知道。告诉大壮，娃儿叫狗娃吧，乡里娃名字贱好养。我走了，清明带狗娃去坟头喊几声娘，我听得见。婶子，血快流尽了，快撕开不用剪刀，娃憋着，快呀……"

眼前的娃娃满脸红彤彤的，一头黑发，眼睛在动，竭力想看清这个世界。

娃娃的命苦，生下就没娘，大壮对狗娃说："儿啊，从此爹替娘养大你。"

誓好发，奶娃哪好养？这个健壮的男人，没多久，背就驼了下来，人瘦成了骨架子。

人们只看到一个男人，抱着一个爱笑的婴儿，走乡串村打短工，沿村串户乞讨奶水。路漫漫，何时是个头？

大壮流着泪对不会说话的狗娃说："娃呀，爹啥也不求，只求不饿着你。"

从此，人们常常见到在春耕秋收的日子行走的雇工中，有一个忧伤的汉子，背上背着一个活泼爱动、咿咿呀呀用各地方言喊爹的漂亮娃，这娃逗人疼惹人爱，他笑眯眯地吮吸着好心妈妈们的奶水，还有善良的奶奶专为他熬的米汤。

无忧无虑的小狗娃喝百家奶水吃百家饭长着，有劲的小手、能飞跑的腿、说着鄂西北各州县的方言，还有忽闪忽闪的求知黑眼睛。

三岁的时候，到了秋收，他最活跃。成天光着屁股，打着赤脚，穿着一件兜兜，夹着一根大壮为他削光了树皮的枝条，甩起一根细树枝，像赶马车的人那样喊"驾"，从前村跑到后村，那天真烂漫不知疲倦的样子，就像农家房门上张贴的胖娃，惹得一群妇女、婆婆总喂他吃个不停，什么树上的时令果子、茗干、花生、蚕豆，吃不完兜着走，田里秋收的雇工们总能沾光。

他就像是一道蓬勃的生命风景线。当然他也调皮，跟村里男娃比谁尿得远、尿得快，谁就是好汉。

最叫族长骄傲的事情是狗娃会背先生教过的书，常常一字不漏，当然，他不会断句，会把后句与前句读得那么好笑，却仍一字不掉。

族长怎么发现的呢？是先生想要狗娃破例进学堂，让族长考狗娃的时候，族长分明看中了这娃子。

为了让全村姓田的人都同意外姓雇农的儿子上学，那天族长坐在打麦场上的碌石上拉家常。

族长喜欢拿根水烟袋听咕噜声，有模有样地换烟叶。

"你们说，咱村咋没有狗娃那样的神童呢？你们知道每年农忙来村的大壮，不起眼吧，可他家开天眼啰！"全村人像听戏本，静静地听族长说书，族长很满意这个效果。

族长说："先生告诉我说想让三岁的狗娃上族里的学堂。刚开始我挺稀奇，后来先生跟我说那个狗娃呀是个神童。"

族人交头接耳，狗娃怎么会是神童呢？族长接着说："这话得从那天说起。那天，先生考学生的功课，小家伙们没一个人说明白，结结巴巴，还一个个笑眯眯的。先生气急了，要打板子，还不让学生回家吃饭，在课堂上罚站。这时候，窗外传来读书声，他学先生那样抑扬顿挫，把先生教的所有功课一字不落地唱了出来。什么千字文、百家姓、古诗，还有千古奇闻，只要是先生教过的，连标点符号都不错。你们知道是谁？"

没等话说完，晒场族人齐声道："狗娃！"

"对！"孩子们说。

说到这儿，族人们鸦雀无声。过了一会儿，族长讲了狗娃考试的情形："我来到课堂，叫狗娃进来，狗娃夹着两条腿蹦进学堂，先生问他你会走路吗？为啥夹着腿蹦？狗娃眨眨眼，憋了半天，摸着自己的头说小鸡鸡不敢见先生。"

族长话还没讲完，场子里族人笑破了天，这笑声传得很远很远。

笑声里，大家眼里浮现出狗娃的可爱，眼睛灵动地闪着光，深深打动着在场的人们。

"考试了没？考了什么？狗娃表现得怎么样？"不管族人如何同情狗娃，但是破例进族学，这也是破了祖宗的规矩。

族长说："这狗娃的造化无法揣测，命运无常，但好歹是咱村的人啊！"虽然凭族长的见多识广，他觉得神童狗娃不同寻常，但心中仍有一丝担忧。

不过，先生口里的中国神童，被族人传播，一度让整个鄂西北的人都在谈这个三岁的神童狗娃。故事把冰冷的真相变得柔和浪漫，才更容易被人们接受。

有人说："族长是不是讲故事不知道，但是狗娃却是真实的存在，千湖之地九头鸟的传说是有根据的，狗娃就是有九头鸟的聪慧，至少说明了农民中可以出现聪明的后代。这里出现优秀的神童是可喜的。"

》 狗娃的苦涩回忆

狗娃惬意生活的村子，冒着窒息的浓烟，田先生讲的"天有不测风云，人有旦夕祸福"，把小小的狗娃吓呆了。

大壮背着狗娃，在漫天的火里，村子消失殆尽。

是鬼子作的孽，祠堂上没有了美丽的屋檐，花纹格子的窗户和厚重的木门漆变成炭。

狗娃疯了似的哭着喊先生，嗓子哭哑了、失了音，小手扒着那些还在冒烟的残木；喂过他奶的婶婶死状惨不忍睹；为他补衣的奶奶被钉在门板上；还有与他一起学习一同玩耍的兄弟姐妹们、好心的族长，他们的尸体连在了一起，压根分不清谁是谁。

1939 年的这一天，老天爷都在流泪，泪水汇成涛天的大水，好似银龙在拥挤的空间碰撞飞溅。

狗娃显然还没明白，无法确定昨天晚上的那些记忆到底是不是做梦，他感觉先生还活着。此刻，狗娃在雨中站着，失魂落魄。他的灵魂带着他飞回昨晚。

入夜时分，先生牵着他的手，送他回爹住的粮库。先生原是孤儿，是族里的人养大，还供他读书。先生感恩，每年假期都回到村里教孩子识字读书。

先生从狗娃身上看到了自己的童年，略有些酒醉地对狗娃讲："人与人相见靠的是一种缘分。"

先生看着狗娃，指着大地，自豪地说："狗娃，你看，这就是外国资本家日夜梦想的中原粮仓。你看着稻田、麦田，像没有尽头的大海，远远近近的村庄亮起的豆灯，星星点点，与天上的繁星连成了一片，这是一片令强盗垂涎的肥沃土地，千湖之地'十年九不收，收了狗都不吃糯米粥'，要是治了水灾，年年丰收多好啊！"

先生明天就要去北京了，接着说："我在2月2日龙抬头的那天赶回来，参加农民的农耕节，就是我们农民祈求风调雨顺、五谷丰登的日子，你看丰收在望，你爹和那些叔叔伯伯们都来收割庄稼了。"

说到这儿，先生低下头，从田埂上捧起一把土，闻了闻，掏出手帕用心包好塞到怀里。

狗娃感动而又迷惑地看着虔诚的先生，和爹的样子一模一样。

狗娃也喜欢这里的黑土地和稻谷香，他每天晚上和爹爹他们一帮雇农睡在准备装粮食的仓库里，他特别爱睡在稻草铺的地上。爹爹说那是土地的馈赠。

忽然先生说："土地是与农民相亲相爱的好伙伴，粮食是农民面朝黄土背朝天种出来的。土地是娘亲啊！"

这个夜晚，先生仿佛有说不完的话，"狗娃呀，有土地的地方就有家；有家的地方就有国。你知道吗，国家有难，匹夫有责。"

先生摸着狗娃的头依依不舍地说："明早我就回学校和我的同学老师一起抗日，赶走畜生，还我江河土地。这就是爱国的行动。"

小小的狗娃，在学堂读了五个春秋，背了无数的文章，他悟到了先生的忧患和伤感，还有希望。他对先生说："先生，您的话我永远记在脑子里了，您告诉我，读史如在铜镜中看自己和他人，您说在风起云涌的世界，看到了从古至今国家和人民抵御倭寇的战斗。先生喜欢辛弃疾和苏轼的词，我喜欢'岳母刺字''梁红玉抗金兵''花木兰从军'，他们心中有国家

有人民，他们敢拼命，他们勇敢。"

　　先生紧紧拉着这个学生叮嘱说："也许是最后一次教你，记住，中国人必须有爱国爱人民爱土地的情怀，有自己的准则。爱国爱民必须'胸藏文墨虚如谷，腹有诗书气自华'，记住，配得起高贵的胸怀，要有爱国的担当与勇气，笃定的智慧与强大的内心，充盈的灵魂与之相得益彰的智慧。"

　　此时狗娃心中突然有一种神圣的责任感。夜深了，先生把仁人志士的精气神倾情于狗娃心中，像是诀别。

　　狗娃现在是真的与先生别啦！他拿着先生的遗物，包在手帕里。

　　大壮说："爹爹抱着先生吧！"

　　"不！"狗娃半天说出一句带泪的话，"我想多爱先生一点，让我抱着先生吧。"

　　狗娃脑子里乱糟糟的，怎么会变成这样？五年前，在别人眼里，他不再是光屁股的娃娃，而是学堂里最好的学生！怎么眼前变成了这样？那些不是亲人胜似亲人的人呢？

　　狗娃死死牵着大壮的手，这场屠杀染红了他年幼的心灵。

　　这种情况，一直过了很久很久，直到遇到一匹战马之后。

» 相遇"闪电"——心之所愿

　　"哑"而聋的狗娃，一路跟着大壮回老家老河口魏庄。他不哑，在路上他只要开口，翻来覆去就那几句大壮听熟的话："先生不回村看二月二龙抬头了。"

　　这时候大壮就蹲下来背儿子，狗娃就让爹爹背，然后就说："为师者就是引路人，道路如何走，能走多远，这都是要靠自己，要感受酸甜苦辣，懂人间万象。"

　　大壮听着心里直流泪，他想：这咋搞呢？玉兰一辈子讲的话，都叫儿子一路上讲完了！

　　一路上似哑非哑的儿子，竟又是出奇的安静和懂事。

　　经过一个村子，狗娃把自己的衣服乖乖地递给一个老人家，当时他好像认准这个老人家会替他补衣服。

　　老人家拿出家里的旧衣服剪开，为狗娃缝缝补补，还改一条长裤给他。

　　这时候，狗娃往往像大人那样深深叹一口气，望着即将落下的夕阳，恭恭敬敬地按先生教的那样，给老人家鞠躬致谢。

　　老人家看到乖巧的狗娃忍不住擦去老泪说："这是个伤心的娃娃呀，麻利回家吧，你妈多想你哇！"

　　狗娃说："奶奶，你听，躲在草丛里的蛐蛐儿声，把月亮唱得又大又亮，从树梢枝枝丫丫那飘来的清风一阵一阵凉爽呢！谢谢奶奶！"

　　可不是，今儿十六，月亮比十五的圆，望着家的方向，家近了，离娘也近了。

　　但是，这时候的家还是家吗？这时的老河口镇，驻扎着中国军队与鬼子会战的总指挥部。

　　父子俩还没进镇就闻到空气里弥漫着严峻紧张和杀气腾腾。

　　这时，一个年轻军官牵着一匹高大的黑色战马迎面而来。马经过狗娃身边的时候突然嘶鸣，继而腾起前踢、后腿直立，十分兴奋。

　　狗娃的眼睛很快滑过马前蹄的撕裂伤痕，它不是兴奋，而是对自己诉说衷肠。

　　再看牵马的军官，威武俊气，一双炯炯的眼睛射出肃气和沉着，他的身材笔直强健。

　　此刻狗娃突然笔直朝马走过去，他安静地停在马的眼睛前，与马的眼睛对视，半秒钟的交流，马与狗娃仿佛情人一见倾心。马竟然出奇镇定，眼珠泪汪汪像很委屈的模样。

　　军官好奇地停了下来，他毫不掩饰地打量这个少年。

　　狗娃身高只齐军人肩，但从少年的身体里，军人敏感地寻到一种不是

这个年龄蕴藏的悲伤、淡然。一双黑色而忧郁的眼睛，像品尝过人世间所有的沧桑，深沉得像一团谜。

然后，狗娃干了一件让大壮意外的事，他悄悄地对军官说了一句话"我认识这匹马，我们是老朋友"。大壮的眼睛都不敢眨一下，他看见儿子正常地开口说话了，而且是主动的、自信满满的。

大壮激动得手脚都不知放哪儿才好，只过了那么一会儿，见儿子牵着马，跟着军官，来到一个马厩。

军官很尊敬大壮，对他说："缘分，有擦肩而过的，有相遇而相知的。有缘，与身份地位完全不相干，与年龄不相关，甚至是否同类也不相干，但是必定与经历有关。这匹黑马是李司令官的千里马'闪电'。"

世间海阔天空任其驰骋，可是它在千湖之地的老河口与狗娃相遇，而且是一见如故难舍难分，仿佛生死相依。

"难道你们在这个年代会有比李司令更传奇的经历？"军官又说，"这是命运的安排！"

军官对大壮和狗娃说的这番话，分明也不是在与他们交流，他阅人无数，是个智者，他是司令部最年轻的总参谋长。这个少年的行为，预示着命运安排他成为闪电的主人。

军官把马厩的一切交付给狗娃，他极其认真地说："记住你开始给我的保证，马厩如果发生了任何麻烦事，一定要跟我讲。"

"好。"大壮回答道。

大壮心里乱糟糟的，脑子里有无数个为什么。

等军官离开，他便迫不及待地问："儿啊，你终于正常讲话了，爹高兴坏了。儿呀，你可千万不要乱说话，你爹不能没有你呀！"大壮所有的悲伤，在这一刻变成了眼泪。他缓缓伸出布满新旧老茧的手，向儿子走近。狗娃望着爹爹早生的白发和颤抖的手，心里微颤，替爹擦掉泪水，"爹，儿子让你操不少心，对不起。你信我，我既然答应了先生和爹，终身定不会辜负你们，儿子新生了。"

大壮抬头，一旁的闪电表现出乎意外，它的两只又鼓又黑又大的眼睛一会儿瞅瞅天空，一会儿仿佛露出浅浅的微笑。

大壮说："好吓人呀，这马懂得人性哇。乖乖不得了，我这是亲眼看见，不然的话不会相信这马会拍马屁……"

狗娃眼中一片清明纯净，看见爹爹不伤心了，便上去摸了马头，全力拥抱它，箍紧闪电，对爹爹说："这闪电是草原马，一匹罕见的千里马。这马厩虽然普通，但门楣上镶嵌着隶书砖雕'闪电之寓'，说明马厩隶属总指挥部。吃的草是草原上的野料，只有这样的马料才能养出好马。闪电还是一匹神马，战功彪炳，所以，为了它更聪明，我决定天天给它读书。"

大壮的情绪被儿子带动，他问："它能听懂吗？再说给它读书有啥用？千古传奇！"

"爹不信，现在就试试看，看我和它的心灵能不能相通。"说完，狗娃真的给闪电读起书来。

大壮觉得儿子的病还没好，要不就是这马透着邪气。

奇迹就在眼前出现，闪电真的在认真听狗娃背《命运之赋》。

它听得那样出神，与狗娃像是一家人。

狗娃爱闪电，爱得无微不至。这天，闪电吃够了镇子外的野料回家，来了四个不打招呼的人，一个小女孩问："闪电是住这儿吗？它拉的臭粑粑在哪儿？"

闪电听到她的声音之后，飞驰进厩，狗娃瞧见这个一身红衣裤的女孩飞跑扑向马，高喊着闪电。

闪电一见女孩之后，四蹄朝天躺下，把肚皮露给女孩。女孩先围绕着马转了一圈后，这里拍拍那里挠挠，闪电非常享受这种爱抚。

那三个人的形象，让狗娃不费脑子就知道谁是闪电的真正主人。

他早知道马的主人，就是如雷贯耳的李司令。

李司令此刻严肃不苟言笑，皱着眉说："怎么，闪电不是战马了？你们看它成了啥？马公子？这个马厩像不像伊甸园？"狗娃明白司令是在训斥自己。

后面两个人中，总参谋长他认识，另一个却是个女军人。

狗娃没有一点畏惧，却在心里想，真的花木兰就是这个女军人的样子吗？可她的打扮不是男的呀！他俩与司令啥关系？

李司令问："听说你在给马念《命运之赋》？它能听懂吗？"

"能！"狗娃毫不掩饰内心的骄傲。

"哦？它能听懂哪一句？说来听听。"李司令留了余地，但是只有总参谋长理解他不想太为难这个少年。

那个小女孩担心狗娃，女军人满眼的期待。

"颜渊命短，殊非凶恶之徒的'殊'。"

"殊字何意？而闪电能够听懂？"司令继续发问。

此刻的狗娃不紧不慢，先将喂马的手洗净，然后唤闪电站立在自己身边。

所有人都睁大眼睛看着这个小子对着马耳朵悄声说："闪电，'殊'字，死地；死罪者，首身分离，故曰'殊死'；殊字带有刀兵杀伐之意，寓意死于非命；'歹'旁朱声，歹为残骨，朱为血色。颜渊不是凶恶之徒，为何这样的死法呢？"

李司令的口吻带着戏谑问："闪电能听懂吗？"大壮脸色坦然，但那三个人，特别是古灵精怪的小女孩，都有些紧张。

片刻，狗娃发出一声口哨声响，只见闪电腾起前蹄，蹄子上伤口已不见，大壮彻底放心。这时的腾起是战斗的前奏，儿子用"殊"字为口令，训练后的闪电身体轻巧，神奇地立在了狗娃身前。众人眼前一花，只见狗娃跃上马背，再念一声"殊"，闪电顿如离弦之箭，飞跃出马厩。

众人跟出马厩外，狗娃在马上如腾云驾雾般呼啸着远去。远远望去，人与马一体配合得默契，风驰电掣地从远方拐弯返回至李司令面前。

闪电在老主人跟前撒娇似的长嘶，放下双蹄跪在司令跟前。李司令抱住了马头，用脸蹭马的嘴巴、耳朵。

这时候，闪电带着它的主人进了马厩，里面是一片菜地，菜秧点点，向他们展出生命的可爱、活泼和俏皮。

司令一边看一边对大壮讲："早闻鄂西北有个神童，今天我又见到神童的父亲，还听说了你们艰难的过去，让人感动流泪。"

随后他又讲："狗娃应该叫光明。一块璞玉还须打磨，愿尝少年苦，须趁未老时。只有永不言弃，胸怀锐气，才会有源于内心的光明。"

忠厚的大壮从没见过大官，现在是这个结果，终于让他放下担忧，开心地露出一口结实的白牙，笑着连声说好。

李司令招手叫："娇娇，过来！"他牵着女孩的小手，对狗娃说："有两件事要交给你。第一件事是把闪电交给你喂养，我放心了，关键是你必须把口令让我和它都熟悉。如果上了战场，闪电听不清命令就麻烦大啦，总不能让你骑上它替我上战场吧？"

这时候，闪电踏蹄子仰头嘶叫，狗娃笑起来，拉拉马耳朵说："我保证让您放心。"

"这第二件事嘛，你猜猜看。"

狗娃很仔细观察了在场四个人，然后指着小女孩，"与她有关。"

"怎么猜到的？"李司令感兴趣地问。

狗娃想了一会儿，"您不经意对她眨眼睛，只对她一个人露出慈祥的笑意，还与她做怪相，她与闪电是好朋友。"

李司令心里不禁感叹，露出一丝温暖："拜托你把她管起来好不好？"

话没说完，小女孩做了个怪相：小嘴巴一扯，眉梢开心往上抬，那双眼睛水灵灵的，一笑两酒窝，笑声清脆悦耳动听。

她自我介绍："光明哥哥，我爸姓徐，就是那个英俊的参谋长，算是个伯乐，我妈姓郑，就是那位女军医，我叫徐娇娇。以后你跟着我，我不嫌你麻烦，而且你挺好玩。"

她转身又说："伯伯爸爸妈妈，这个光明以后归我管。今后，光明和闪电就归我管。喂！闪电你同意吗？"

闪电的蹄子蹬了好几下，表示同意。

光明觉得很无奈，这个小女孩人小鬼大，只怕太难相处，十分紧张不安。

不料小女孩继续说道："我妈是当今花木兰。她会双枪，骑术高超，

是李伯伯的随行军医和保镖；我爸是黄埔军校高才生，作战参谋。你归我管，是我的卫兵，你得听我的指令。我命令你即刻训练闪电！"

光明哭笑不得，这才明白李司令把一个麻烦的小姑奶奶丢给了自己。

天边的晚霞如泼在画布上的朱红，妖艳而美丽。

一会儿，夕阳最后一道光亮没入地平线，天边有一种天地混沌的美，映衬着云开后湛蓝的天空，出现锦上添花的虹，像七色彩桥，美得有点不真实。

此时，闪电走近光明，用嘴蹭他。光明高兴地抱着闪电的头，用额头顶着马的额头，他感谢这生灵，让他邂逅了他们和娇娇。

当第一缕阳光隆重地照在高大的松树上，闪电快活地踏着马蹄。

突然，门被撞开，娇娇一身红衣裤，像一团火，直奔闪电。

马一见她便卧在脚下，娇娇轻盈地跃上马背，手抓紧马鬃、腿紧贴马腹、发出"殊"的指令。一连串的动作和指令，让光明瞠目结舌。

闪电嘶鸣一声飞过宽阔的马厩大门。

光明觉得时间暂停了，他被这场景融化了！这不叫阳光抱雪，这是马背上的红孩子拥抱黑旋风千里马。

当闪电又冲回马厩，这个军旅之中长大的娇娇，从此在他的心灵中埋下了种子，再也无法忘记。

娇娇跳下马，亲密地拍了一下，闪电就乖巧地去马厩，还不忘扭头跟光明打招呼。

不等光明发话，披着阳光的娇娇走到光明跟前，"光明哥哥，我知道你脑子里装满了故事。"

"你听谁说的？"

"我爸爸呀！他知道你的先生给你讲了5年的故事，我现在就想听。"

光明现出他调皮机灵的本性，说："讲是可以的，不过还是要有规矩。"

"什么规矩？说清楚。"

"约法三章。我讲完故事之后，我向你提三个问题。"光明的侧脸轮廓分明，看不出来是什么表情，淡淡的。

相反，娇娇兴奋的小脸全是笑意嫣然，"可以，我就是挑战神童而来。"

光明脑子里像翻书一样挑来挑去，想：这个小丫头难不成生下来就要听故事？她以为先生是老学究？我的先生是北京的大学生！我就讲个成语典故，她的父母很难讲这类东西的。

娇娇也在想：我爸妈讲的故事古今中外，他能讲莎士比亚吗？

光明这时开口了，他讲《父子卖驴》的故事，娇娇还真没听过。

光明暗笑，他说："我听先生讲故事，从来就是闭上眼睛听的，容易背下来，不信你试试。"

娇娇听话地闭上眼，连长睫毛都不动，让人以为这孩子睡着了。

"一伙年轻人发现有父子俩牵一头驴慢慢走近，他们笑着说，傻子吗？咋不骑着？父子俩大眼看小眼，儿子说，爹，我们骑上驴吧。他们继续走。一群老爹遇见了说，驴上有两个大男人，气都喘不过来了……父亲心疼驴又心疼儿子，他让儿子骑着驴往前走。一群奶奶遇上了大骂，这个不孝之子！儿子脸红，赶紧让父亲骑着驴。结果又挨骂了，这次是一群母亲，你咋当老子的？不心疼孩子？左右都不行，父子俩就抬着驴走。前面走过一座独木桥就可以卖驴了，他俩抬着驴走到独木桥中间时，驴害怕了挣扎，最后你猜猜结果是啥？"

"用猜吗？就是驴掉下去了呗。"娇娇一口气回答完毕。

光明对娇娇说："先生不是你这么直白的。"

"你先生说卖驴的父子俩老实吗？我想抓麻雀。"

光明很认真地说："先生告诉我，老实是无用的别名。这父子俩脸朝黄土背朝天，从来没有想过抬起头看看周围，看看外面的世界，没有能力判断，说穿了，他俩心里只有一点点天地，只够他们生存的天地。所以，每种声音都让他们困惑不安，最后只能选择抬着驴去卖的荒唐。"

娇娇说："你说的这个道理怎么像我爸爸做事一个样，妈妈说爸爸做事很有主见。每一场战斗，他用孙子兵法和现代战争作比较，再找出智慧的布局。但是，武器有时候对于战争起着决定性作用。武汉保卫战大败，爸爸很担心第二第三次保卫战也会失利，那时候，爸爸断定上面会选择去

湖南。"

光明压根就想不到一个 8 岁的孩子会说出这么重大的军事信息，他有一种莫名其妙的不安，这话说出来有危险的，他捂住娇娇的嘴，"你不要再讲了，让人听了要杀头的！"

娇娇说："杀头就是你讲的'殊'字吗？那我不要说了。光明哥哥，妈妈说我可以教你学英语。"

"英语？它是什么？"光明困惑，也觉得新鲜，先生没有说过。

娇娇一板一眼告诉光明说："我妈妈说英语是英国人的话，爸爸说英语是一门世界交流的工具，爸爸还说不懂英语走世界就太难了。"

"世界？"

"世界就是整个地球上的人。走出去看看、学学，是可以帮助一个人做出更好的选择。如果只是埋头拉车不问路，外面的世界看不到，人的灵魂就无趣极了。"

"等一下，你刚才说的灵魂是不是魂魄、魂灵的意思？"光明打断娇娇的话题问。

"我妈妈也问过我爸爸，爸爸说有趣的灵魂明媚动人、闪闪发光。想要自己的灵魂有趣，必须见多识广，见多识广必须走万里路读万卷书，读万卷书不如行万里路。不看世界，看不到自己的强与弱、先进或落后。"

"人真的有灵魂吗？"娇娇几句鹦鹉学舌的话，让光明萌生出求知欲望。

娇娇打断光明的思索："人是有灵魂的呀！人有灵魂就能所向披靡！"

"灵魂在哪儿？看得见吗？"光明现在想问的人是她的爸爸。

"你闭上眼睛用脑安静地看，灵魂是不受环境和时间约束的，灵魂在观察世界，爸爸说，在欧洲有一个行走的幽灵。"

光明含笑地看着娇娇，温暖地笑道："我陪你抓麻雀，这是我三岁就会玩的游戏。"

娇娇顿时欢呼一声，拉着光明就走，她觉得光明哥哥真如爸爸妈妈一样的好。

光明拿来筛子，系一条长绳，筛子撑上一根筷子，筛子底下放了不少野麦稗子。

他俩拿长绳躲在大松树后面，聚精会神地看着空地上的筛子。

这时筛子里有活蹦乱跳的小东西，正吃着稗子，应该是小麻雀。

他让娇娇看准时机，立刻抓紧绳子一拉，支着的筷子一倒，竹筛子顿时就盖了下来。

小麻雀一惊，展翅欲飞，可是晚了一步，给关在了里面。

娇娇欢呼，光明伸手从筛子里抓获这只麻雀，掏出一根细绳子套住小鸟的脚，才放在娇娇手上。娇娇小心地伸出双手，轻轻抚触小鸟的翅膀、头，还和小鸟大眼瞪小眼相望。

抓麻雀的插曲，让时间过得很快。夕阳一寸一寸落下去，马厩里充满快乐的气氛，上空出现的星星陪伴两个少年，不肯挪步离开。

光明看见这一幕壮观的景象，隐隐有些明白为何那么多人喜欢看星星，是因为没有月亮，星星照样可以闪光吧。

光明说："明天，我们去丹江，那儿有闪电喜欢吃的野料，我一定给你讲辛弃疾的故事。"

娇娇十分好奇地问："为什么不今天讲呢？我听了你的故事之后，回家就可以讲给爸爸和妈妈听啊。"

光明笑了。娇娇感觉光明的笑有点不怀好意，说："光明哥哥，你鬼鬼祟祟想说什么？"

光明讲："今天先编一个辛弃疾小时候的故事给你听？"

娇娇想也不想说："我就爱听编的故事。"

"那好吧。辛弃疾特别聪明，他有一身好武艺，你猜他是从哪里学来的？"

"我哪儿知道？你不是会编吗？随便编！我听听有没有我编得像。"

光明打起十二分精神开始讲先生讲给自己听的辛弃疾故事。

"辛弃疾的武艺是在船上跟一个武林中人学的。武林人你知道吗？"他问娇娇。

娇娇看了光明一眼，"就是江湖上会武器的人，古代都是矛、刀、剑什么的。"

光明点点头继续讲述，"有一天辛弃疾坐船，发现大清早甲板上有人提着长矛反复刺击，每刺一下，都要反复考虑，辛弃疾默默站在旁边观看。有人在夸辛弃疾是块练武的好材料，他在一旁指点练矛的人说，矛跟枪不一样，矛硬以刺为主，变招不会灵活。你每天挥矛千次，假如有悟性，自己便可摸清路数，从脚力、腰力到臂力，众力合用，收发随心。我这次乘船，只教你基本的戳矛，其余的靠你自己慢慢体会。师傅领进门，修行在各人。说完，他瞅了辛弃疾一眼，这一眼意味深长。辛弃疾一边细细品味，一边移动身体，发现也有窍门。看到什么学什么，走到哪里学到哪里，后来他能打胜仗，虚心好学是很重要的。"

"讲完了吗？你编的？"娇娇正听得津津有味。她看光明不说话了，只好让光明牵着闪电送她回军营。

娇娇弱弱地开口："我讲故事给你听，那是有原因的。我的妈妈说话做事有一个习惯，就是站在别人的立场考虑。所以我做事也要站在你的立场与你约法三章。"

光明很新奇娇娇的理由："我的立场是什么样？"

娇娇脸不红气不喘色不变，"军队打仗要守纪律，我俩互相学习也和打仗一样，也要有纪律管好对方。我的约法三章指你跟我学英语，你不学，我不讲故事给你听；你必须教会我你掌握的知识，不然我不同你玩。"

光明说："我也有约法三章，你站在我的立场想好了，再往下讲。"

娇娇豪爽地说："行，我们拉钩上吊一百年不许变，变了是小狗。"她一丝不苟，挺有军人作风。

天遂人愿，第二天晴空万里，娇娇早早携带她的小麻雀来到马厩。

一匹黑色骏马托着光明和一身红色衣裤的娇娇以势不可挡之势飞驰着，她的小麻雀在惊叫，这一叫惹火了闪电，它飞驰中不忘抖动身体，想甩掉这个小包袱，直到以独特的胜利姿态站在了丹江水岸，竖起耳朵倾听小少年的指令。

这时，二个人"殊"起哨声，闪电跪下让娇娇从马背上下来之后，便载着光明飞驰，一眨眼的工夫不见踪迹。

娇娇也奔向江滩，一脚踩进沙滩的水里，欢呼雀跃："这儿真好玩呀！"她的声音传到很远的地方，岸两边山峰荡漾的回声，拉长她的快乐。

娇娇的快乐让光明感觉危险。

这时，百十余丈长的沙滩开始下陷，光明看到却不敢大声呼喊。

他把准备好的绳子系在自己和闪电身体上，娇娇看到光明脸色苍白严峻异常，她嘴角上扬笑着说："我是大海的女儿。"手还是交给了光明。光明一把拉住娇娇的手，借着闪电的力，一步步撤离这危险的陷阱。

就在他俩回到岸边的一瞬，丹江上游的水像一条翻滚的白龙，吞没了沙滩。看呆了的娇娇问："光明哥哥，刚刚是不是就会死了？"

光明的眼神可怕，只知道抱住娇娇，他看这会儿的水，狞笑着想带走娇娇。

娇娇哪知道光明心灵深处埋藏的悲伤，直喊："光明哥哥你怎么了？这水是怎么回事？光明哥哥，你的眼睛痛吗？我给你揉揉。"

这时候，在汉水与丹江水聚拢的地方，浪高三尺，白花花的，在太阳的光圈里，闪出金子般的美丽，刚才狞笑的水格外矫情，好像在履行着一种仪式，一种冲毁人类的仪式。

光明看娇娇的舌头伸得不能再长了，说："差一点就卷进江水里了，就再也见不到你了，你就死了。"

娇娇没有害怕，站在水面前，在温暖的阳光里，惬意地看着两道白色的蛟龙在追逐嬉笑。光明纳闷：她在波涛汹涌的水前竟如此平静！

这时，江水滚滚，好像在呼应光明。一道又一道的白浪由远而近，汹涌澎湃，让人叹为观止。

娇娇忘了刚刚的危险高声喊："大禹！我来了！"群山的回声激发了她的兴致，接着喊出一个又一个人的名字，像她身边的熟人："孙叔敖，西门豹，马至臻，姜师度，苏轼，邬守敬，潘季驯，李义杜，林则徐！"

娇娇告诉光明："他们都是历史上治水的名人，还有一个叫朱棣的皇帝，

修了一条南北大运河。"

光明佩服娇娇："小小的脑瓜子咋记得住这许多名人？"

一道极清脆的童音在耳边响起："你的脑袋也装了不少，你不是答应我讲辛弃疾的故事吗？"

滔滔江水岸边的柳树下，闪电身边坐着两个少年和一只小麻雀，光明讲起了辛弃疾的故事。

那是公元 1162 年，在济南郊区发生的一件事。凄惨暗淡的月光下，一个青年紧追一个和尚。

当时，两个人的马都被折磨得吐白沫了，到了第三天终于追上了。

你肯定想知道，这个青年为什么追一个和尚那么凶。因为和尚偷了一样东西，这是青年生命中最重要的东西，不是金银财宝，而是抗金义军的印信。

这个和尚叫义端，偷走印信是要献给金人；而青年正是保管印信的辛弃疾。

和尚眼见无路可逃，他也不再逃了，回头眼露凶光，提刀砍向辛弃疾。

这时候，辛弃疾一个空中侧翻，手中之剑同时出鞘，瞬间和尚人头落地。

这时候的辛弃疾只有 21 岁，就已经带着 2000 个兄弟投入义军领袖耿京手下，抗击金兵救河山。

辛弃疾出生的时候，家乡就被金军占领，就像今天的日本强盗霸我江山、杀我百姓。

狂妄残忍的金人就像北方射来的毒箭，以黄河为弦，直插南方的南宋。南方的百姓奋起抗金，辛弃疾就是最杰出的人之一。我的先生评南方百姓抗金兵说，当一个壮士愿意为一种事业卑贱地活着，就标志他有了一种灵魂。

辛弃疾带着 2000 兄弟，热情澎湃地走向抗金战场，可是偏安的南宋朝廷，却让他卑贱地活着。先生说他是个寡言少语的人，关键时刻果断勇敢。

当时，金人的头领被一个叫完颜亮的部下干掉，金人内部矛盾爆发，开始向北撤退。辛弃疾建议趁此机会光复中原，于是他领了这个任务，前往南宋都城临安。

后来，义军中的叛将张安国杀害了首领耿京，部队人心涣散，人们劝辛弃疾躲起来。他质问："躲起来？你的良心在哪？"于是他率领50名骑兵夜袭金营，在数万的敌人中，活捉了叛将张安国。接着又连夜狂奔千里，将张安国押解到临安正法。心情激动的辛弃疾写了一首《鹧鸪天》：壮岁旌旗拥万夫，锦襜突骑渡江初，燕兵夜娖银胡䩮，汉箭朝飞金仆姑。

我的先生说到这儿，吼声道：万千气概辛弃疾！

光明说："后来的事情我讲不下去了，你还想听吗？"
娇娇两只手重拍二下，大声吼道："我想听！"
看到娇娇两只小手拍红了，光明也想讲出他心中一直憋着的火气。

辛弃疾23岁，是他噩梦的开始。皇帝不喜欢辛弃疾，反而疑心和担忧。他任命辛弃疾为江阴签判，这个官没有兵权。皇帝的疑心深深伤害了辛弃疾的心，他以为自己终于能够报效国家，拼命做事，可是他错了，你知道什么是他的噩梦吗？

南宋偏安江南，是汉人历史疆域版图最小的一个朝代。这些官员只要享受，不思进取，完全不想抵抗金兵，像辛弃疾这样有血性、宁死不投降的主战派，根本没有出路。从1181年到1207年，辛弃疾被调任37次，曾在福建、浙江、江苏为官。朝廷怕他，嫌他一腔报国安民热血，不让他有抵抗侵略者的血性。一个渴望驰骋疆场打仗的勇士，活活被逼成了以诗词抒志的文人。南宋朝廷的恶毒不光如此贱用辛弃疾，还对他进行了迫害。1182年冬，辛弃疾又一次调任，由江西安抚使改任浙西提刑。还没上任，朝廷享乐派控告辛弃疾杀人如草芥，以此来弹劾他。朝廷立马更改任命，撤销了他一切职务。为什么呢？这是因为辛弃疾为官的时候惩恶扬善，与南宋官员的享乐之风格格不入。他因此被迫将利剑悬挂，扬起了抒情的文笔，将他的郁闷无奈挥洒于纸。

光明说："我教你读他的《破阵子》好吗？"

娇娇说："我读给你听，妈妈说他们要如辛弃疾那样杀鬼子。"

娇娇站起来，一手叉腰，那是她爸爸的样子，"醉里挑灯看剑，梦回吹角连营，八百里分麾下炙，五十弦翻塞外声，沙场秋点兵……了却君王天下事，赢得生前身后名。可怜白发生。我爸爸读着读着就哭了……"

光明说："我的先生说辛弃疾报国无路，却留下千古诗词的爱国情怀。"

"妈妈说我爸爸就是辛弃疾那样的英雄。爸爸优秀，他家的女儿也优秀。爸爸是浙江绍兴人，他家的女儿不做小脚女人，还练武强身，我奶奶是浙江有名的刺绣能手。你看我的小手枪，妈妈教我射击，我比姑姑强。"说完冷不防掏出一把手掌那么大的手枪来，对着光明，这举动还真把光明吓一跳。

哪知娇娇习以为常地说："不怕的，我枪没上膛，我教你打枪吧！"毕竟还是个天真的小姑娘，说完之后她悠悠地给闪电挠挠头，早把差点被江水冲走的后怕忘得干干净净。

小姑娘和闪电玩了好一阵子，又笑眯眯对光明讲："我告诉你一个天大的秘密。"

光明没理娇娇，他在给马清理身上的污泥。

"你不听吗？约法三章呢？忘了？"

光明慢慢说："我最主要的任务是管好闪电，一会儿洗耳恭听你天大的秘密行吗？"

娇娇很开心，"你知道世界上有睡火莲吗？"

他老实地说："不知道。"

此刻，小姑娘坐在马上，从上往下看着光明，得意地笑："睡火莲是荷花的一种。它紫色的花瓣，中间有许多金色的花蕊，一生一世只开一次花，之后就是凋零，那一刻昙花一现，便不复存在。我爷爷家是浙江绍兴刺绣世家，睡火莲绣品是奶奶绣的，参加过纽约召开的世界丝绸博览会，这幅绣成为世界闻名的展品。后来，这绣品流落千湖之地，爸爸和妈妈带着我和闪电去了一趟大洪山，据说有人在山里发现了它，但没有结果。不过，我听过一个惊人的传说，听不听？"

光明本不想听下去，可是又不知她想卖弄什么，犹豫点头的样子一点不妨碍娇娇的好心情。

"山中一个老猎人说，那一日，阴风阵阵袭来，先前蝶舞翩翩阳光妩媚的画面，霎时变得阴云密布，紧接着阵阵杀伐声随着声声铁蹄，和着声嘶力竭的喊杀声充满整个天空，落到整个山谷。先前齐鸣的水声霎时有节律地次第交错，演绎出乐声，应和着那场景的变化。这画面上变化而出的，就是几千年前古代兵士杀伐的情景。睡火莲如今绝种了，我爸爸说这幅绣品是国宝，他的妹妹就是我的姑姑嫁到这一带，所以他想寻姑姑，寻到这幅国宝。"娇娇叹一口气嫩声说。

闪电低头瞄光明，不解地晃着马脖子，很让光明心暖。

他叫娇娇下马，这会儿他好想听完这故事。

于是娇娇接着讲："我的姑姑不仅绣功比奶奶还强，还接受了爷爷对刺绣基本功的理解。爷爷说书法、绘画、刺绣都是有灵性的。爷爷为什么说这些呢？因为我们郑家对这些风景有了体会，刺绣也就是有了心思，有了心思手就灵心就巧。除此之外，爷爷还给姑姑准备了明亮的屋子。我怎么感觉就像闪电，你给它家了，它就开心了，身子骨就长得有劲了，然后杀鬼子就利索了，可以保护司令和它自己了。"

"是的。别说闪电，接着讲睡火莲。"光明不客气地打断娇娇。

小姑娘笑了，露出两点小酒窝，"接着都是背我听不懂的话，还说吗？"

"说！背下来以后会懂。"

"那好吧。爷爷说人怕出名猪怕壮，奶奶绣的睡火莲十分美而大气。组委会评语是：这中国的睡火莲明明是绣品，却让来参观的人们感应到了一种纯粹的花的灵魂发出的淡香飘逸，渗入人身心的放松与愉悦。睡火莲紫色之美告诉人们，这世上是有人愿意真心相待于我，为我遮风挡雨，护我一世安虞。我的故事只一个有意人，她开花了，一生一世开一次花，为自己相思的有意人开花，她不懂人心，只有妈妈才能为她舍命啊！睡火莲

绣出了永恒，成为展会的明星。可惜再也见不到真迹，连这绣品的去向也成了谜。后来闭馆的时候，有人迟迟不肯离开，持高价收购。这时关灯了，爷爷拿出一颗夜明珠，珠子发出的冷光照着睡火莲的时候，竟然发出了七色的光芒，美丽不可方物。这绣功是绝技，奶奶传给了我姑姑，她就是爸爸的表妹，名字与睡火莲的淡香有关系，她叫馨儿，爸爸说馨儿表妹长得美如睡火莲，都是这洪水之灾，睡火莲绣品和馨儿失去了踪迹。爸爸来到千湖之地，还肩负着寻找表妹和国宝的责任。"

» 与虎子、彪子兄弟拜把子

光明还是屈服了，因为娇娇太聪慧，像小狐狸一样狡黠。

她提出教光明打枪为交换，让光明带她去武当山，美曰读万卷书不如行万里路。

这能拒绝吗？有学打枪的机会岂能错过？更何况离武当圣山这么近，还骑马往返。

光明的小心眼活泛起来，想法只过了一遍大脑，便认可。

小少年做了充足的准备，万事俱备只欠东风了！

东风是这两天娇娇父母不在老河口。光明跟大壮打个招呼，趁着月亮中天，大地披上了一层柔和的光芒，他俩骑着马向神奇的武当山飞驰。

老河口的乡村，城镇铺成一片，娇娇穷尽目力也只能隐隐约约看到个似有似无的尽头。光明在她身后，尽力排除对黑暗的恐惧。

过了一会，光明说："你看，武当山！金顶就在最高的山顶上，因为太阳第一缕阳光照射山顶金光闪闪，这儿应该叫金顶。"

"哪儿呀？我怎么没看见？你骗人！"娇娇真急了。

光明静静地说："你摸到黎明之前晚风的温柔没？你仔细听，一路上的蝉声，那是欢迎你的声音。我现在体味到了先生胸藏文墨虚若谷，腹有诗书气自华的感叹了。娇娇，你这么小却知道这么多，你才是神童。天外有天，人外有人，金顶看日出之行，也是修心精进，圆满智慧，即使你父母会责难我，也不虚此行。"

随着天空一线阳光慢慢显露的柔情，空气越来越清新。娇娇快乐得就像一只小鸟，她张开双臂，拥抱大自然的生机勃勃，一片树叶顺风吹到她脸上，她拈起叶子，像妈妈亲爸爸那样说："谢谢叶子，你是武当山的使者！去告诉金顶，我们来啦！"

渐渐宽起来的山路上，一幢幢道观的瓦顶，肃穆而庄重，露出虔诚的人间烟火。

娇娇说："武当山，我做梦都想看你，我想了解你的神奇魅力！"

"你是真想了解它？你是谁？"在一声声鸟叫声中，传出一个陌生的女声。

娇娇的下颌险些吓掉了，一个道姑闪现在马的面前。道姑细长的丹凤眼，既嚣张又沉郁苍凉。

娇娇拉住闪电，马听话收了蹄子。

娇娇诚实地问："你想要知道的可能是我在什么地方出生，我的童年是怎样度过的，以及我的父母是谁，我从哪里来。你对所有人都这样问？还是就问我一个？我不想告诉你，不过我做梦都想拜访武当山，看风景，探索它的神秘。请问你是谁？我怎么没见你在山路上走？你是神女吗？会飞？"

这位道姑看着美丽直率的小姑娘，心里涌出爱，这种感觉真奇妙。

她的脸上出现了笑意，"你们是看日出的吧？前面是金顶了，再磨叽，看不到太阳是怎么跃出来了！"说完之后，看了光明一眼。

光明原本话少，因为娇娇的原因，他的心总是保持着警惕。

他回头看来路，不见一个人影，他紧张思考，这个道姑很奇怪，是娇娇父母也到武当了吗？

"太阳快出山了！"不知天高地厚的小女孩高喊。

光明顺娇娇的手看远处，武当山金顶云雾袅袅，遍布野花，晨露晶莹。

"冲啊！"两少年冲向金顶的时候，道姑惊诧之极，她就是躲避追杀来到武当的。

道姑大叹一口气，她感慨大自然的神奇。自己的两个弟子这会还在金顶踏着露珠、迎着旭日，苦苦练着自创的虎拳和梅花拳吧？他们与这两个少年有缘。她的心里涌出少见的喜悦。

远处的金顶裹着满天朝霞的帝袍，被太阳装扮得光芒四射而耀眼，四周的山峦峻峰，听一声灵雀的鸣喊之后，皆面对金顶朝拜。

一句童声"金顶，你好！我来了！"打断了肃穆和庄重。跟在娇娇后面的光明也高呼"金顶，我也来了！"他因为激动万分声音发出颤音。

此刻的武当山像大道的音符，穿越金色的太阳。深山老林的生命骚动起伏，满山遍野的飞禽走兽在绿色里跳舞，在金色中飞翔。道观同时响起早祷。

在早晨的交响乐演奏的时间，娇娇随音起舞。

光明完全赶不上娇娇的节奏，她有多少心眼？像莲蓬那么多吗？

突然娇娇喊："看！两只狼在山水之间打架！"

"哪里是狼！是两个身穿黑色衣裤的少年在打架，好凶哦！打得火热，输赢无定，如梦如痴，高低难分咧！"

闪电冲向山顶，光明和娇娇飞身下马，站在一旁目不暇接，眼花缭乱。他们的动作一刚一柔，两个少年黑衣裤一模一样，这是一对双胞兄弟。

"太有个性了！"娇娇这一句话像她妈妈。光明一行的到来，并没影响他们的打斗。

光明竟然与这两个少年产生共鸣，那是黑色老鹰的旋风绽放，是一种人体与自然融为一体的形态特征，这让他的心里好喜欢。

再看少年，阳光温柔地照在他们灵动而飘逸的身体上，两人额头上渗出薄汗，阳光使他们脸颊发红，宛如小太阳花，尤其是纯真的笑容还带着腼腆。

他们勾动了光明和娇娇的魂魄，此时他们正走过来，能言善辩的娇娇见到他们，一时竟愣住了。刚刚那是置身于童话世界，现在是属于这巍巍武当山。

光明镇定下来，他心中有一个打算：要与少年交朋友，他们一定能成为朋友。先生说过，凡事只要尽力去做，心诚则灵，只有付出才会有收获。

娇娇此时用比小鸟更清甜的声音说："你们刚才谁打赢了？你们是武当山的什么人？你们为什么在金顶上？还有，你们为什么长得一模一样？还有，我们能拜把子成兄弟吗？"

娇娇连珠炮似的为什么，让两个少年笑喷了，他们笑得十分好看，脸上现出了一模一样的酒窝。

光明看着他们藏着紧张。只见兄弟俩双手抱拳说："来得早不如来得巧，今日在金顶上你们相遇，是那'树坟'的缘分，是我们机缘巧合。"

娇娇被绕迷糊了，说："可不可以请坐下谈，细细地谈呢？"

兄弟俩虽然小，却表现出大山一样的稳重和坦率，他们毫不掩饰对来自山下少年的喜欢，一见如故，有生以来第一次坦露心声。

» 那天，奶奶死了

我打虎拳，是哥哥。那天，奶奶死了。

我们跪在奶奶床前，外面风声鹤唳，生死关头，芬姨扳过我们的脸，双眼看着奶奶说："放心，有我在，孩子没事的。"

芬姨紧紧搂着我的手不放开，她舍不得抛下垂死的奶奶……那情景历历在目，想起就难受。芬姨现在也去了苍穹的那边，那边不同凡间，一切都成了过往，我俩只剩下树坟。

我打梅花拳，是弟弟。你们往东方看，在迎着太阳升起的金顶东面的山坡，有一团圆形的长青松柏树，锥形的针叶紧疏有致，上面开满了花，红色的，黄色的还有紫色的，它们保护和打扮着里面突出的坟包，它就是树坟。

寒来暑往6年，树坟享受着金顶这位群山之帝的恩泽，让阳光保护坟包里的再生之母，不会感到寒冷。

到了冬日白雪皑皑之时，唯有这一片绿色映出了金顶的威严与骄傲。

坟里的人，就是我俩的芬姨。

1932年，倒春寒之夜，在一间简陋的农家小院。里屋一张铺着稻草的床上，一个老人脸色蜡黄。

床头站着年仅4岁的一双男娃，虽然瘦小，却虎头虎脑，惹人怜爱。

老人干枯如树皮的手颤抖着摸着男娃子的脸，说："奶奶身体不行了，你们跟着芬姨走吧，四年前，她抱着你们到我这里，现在她要送你们去武当山学功夫，你们把她当成娘啊，快喊娘！"

男娃很乖，跪在地上喊"娘亲"！

奶奶老泪纵横，她知道马上有人要来带男娃们走，但她不能让那些人带走。

奶奶悲哀、无奈与期盼的眼神，都落在年轻的芬姨眼中。

幼小的孙儿站在奶奶的床头，明亮纯净的目光从奶奶脸上滑过，幼小的孩子突然感到了悲哀，奶奶是往死的地方去吗？死是什么样子的？他们对奶奶说："你要去死的地方吗？我们跟奶奶一起去死的地方，别丢下我们，好不好？""我们会很听话，去那里帮奶奶干活，好不好？"

老人的心彻底被孙儿的话撕碎，睁大眼睛。

一旁的芬姨站住不动，她听到村头狗吠，她紧上一步扑过去握住老人的手，孩子们也学着芬姨扑上去。

看着老人死不瞑目的眼睛，芬姨擦去老人眼角的泪水，牵着俩孩子，让他们跪下，给奶奶磕三个头。芬姨说："我起誓，我在娃在！"

可是，必须走！三个人一步一回头走出小院。外面寒风呼啸，下着雨夹雪，芬姨死死抓着孩子们的手拼命跑。刚刚跑出村口，在后面就传来狗叫声，不多久，小院里传来骂声吼声，他们哪敢回头？

这时候，他们的茅屋烧起来了，火烧得很旺，没有一家人敢出来救火。

» 注定没法回报的母爱

说到这儿，满脸苍白的兄弟眼睛里，全是刻骨的痛苦的泪水。哥哥继续往下讲。

我叫虎子，弟弟叫彪子。在我们眼里，芬姨很美，爱笑。芬姨留一根大辫子，圆圆的脸，温柔的大眼睛，总是那么慈爱，我们亲近她，她是我们心中的母亲。芬姨没有嫁过人，她就是我俩的妈，她知道我俩害怕，如果没了奶奶又没了芬姨，我俩就会像秋天里的树叶，随风飘零。

"姨姨，奶奶烧死了吗？那是死吗？你当我们的娘好不好？"

芬姨含着眼泪背起彪子，她说："别害怕，姨姨不会丢下你们，奶奶活在我们的心里。"

在泥泞中，老天爷跟我们也过不去。暴风雪来了，真是雪上加霜。不是春天到了吗？这风咋比冬天还要冻人呢？虎子也走不动了。

芬姨叫："彪子，搂紧娘的颈子，两腿夹紧我的腰，来，虎子，娘抱你走几步。"

我说："娘亲啊，虎子能走啊……"看着瘦弱的芬姨，我懂事了。

武当山吹的风，是崇山峻岭冻过的呀，外加雪，一点不剩地泼在我们已经湿透了的身上，连心脏也冻成冰索子了。

我们看见芬姨娘在偷偷流眼泪，她单薄的身体在颤抖，她害怕万一倒下，年幼的我们咋办。

她说："儿子呀，坚持就是赢家，找到道姑就好啦，活着就对得住奶奶了。"她的话刚刚说完，彪子从芬姨背上滑下来。

彪子牵起芬姨的手说："我的娘啊，我不怕，就怕娘找奶奶去了。"我们的芬姨笑了，笑容就像冬日的太阳，真好看，好暖……

偌大的武当山静悄悄的，山腰的路上，躺着一只冻死的鸟。

突然，芬姨浑身发抖，又一次倒在泥浆里，她浑身上下湿透。

我俩吓得哭，"芬姨娘，你起来呀！"

"芬姨娘呀，我俩拉着你走好不好？"

"我们听你的话，有你我们就不怕。"

"我们跟着你走。"

那是我们的心里的话，也只能讲出这几句话。我们哀求的声音，被风吹得好远好远，远近的山中也有我俩绝望的哀求，希望那个道姑，快来救救姨！

我们绝望的哭声传进芬姨的耳朵，她醒了，可是她浑身滚烫打冷战，有点迷茫，认不出来我俩。

她歪歪倒倒爬起来，尽全力说："孩儿们，上山！"她的声音是哑的，断断续续的。

我们跌跌撞撞地走啊，冻麻了、走麻了……就在前面，终于发现武当山第一座道观。

后来的一段路，几乎是我俩拖着芬姨，她没有知觉，我们却感觉这个身体还在配合我们一点点的移动，直到道观门口，芬姨一下瘫倒再也站不起了。

我们听到她长长叹了一口气，是那口气支撑到门口，就懈了。

我俩用力拍打着门哭着喊："救救娘啊，你不要去找奶奶！"

时间在流逝，而门就是没动静，四周是不肯平静的风，风声中只有我俩的哀嚎。

四只冻僵的小手拍红了又厚又重的道观，门也怕冷吗？它在犹豫，不想开门让我们进去吗？绝望和无助，拽住了我们……

一阵越来越近的脚步声被盼望送来了吗？沉默的门慢慢移动，看着门缝，一支风灯发出橙色的温暖，随即看到拿着风灯的人出现。

她穿着长棉袍，看着好暖和的棉袍啊，能不能给芬姨穿？

我们的娘亲冻僵了，像那只冻僵了再也不可能醒来的小鸟！

眼前是冷峻、神秘、令人仰望的道姑，我们跪下向她磕头："求求你快点让芬姨暖和吧！"

"你们在怪我开门晚了？我不慢。"她长长叹口气，拎高风灯，两个孩子好半天才嚎哭出来。

眼前的芬姨缩成了一团，苍白的脸上露出一丝满足。

道姑说："世界之大无奇不有，一个死了的人，心中憋着最后一口气把你们送到我面前，然后安心地露着释然离开这个世界。娃娃们，她有一个善良忠诚的灵魂，莫辜负哇！"

彪子扑在冰冷的芬姨身上，嚎啕大哭："娘啊！"小狼一样的悲嚎，武当山半壁青山仿佛被唤醒似的抖掉皑皑白雪。

我问："芬姨去找奶奶不跟我们了吗？"

道姑说："送她去阳光的地方吧！我们找太阳去！她值得拥有阳光。"

"坟包"里住着我们的恩人、亲娘，师傅对我们说过，芬姨与她的承诺生死与共，她的灵魂住在我们的心里，她天天陪伴我们成长，她再不会冷了……

我们问，芬姨的灵魂看不见呀，灵魂是什么样子呢？

师傅告诉我们，灵魂就是一种精神。这一种精神叫责任、承诺，也是使命，灵魂的底线是忠诚与坚强。

其实，我俩至今不知道她的姓名，是哪里人，从哪儿来。这是让我们不能选择的黄连的味道，天天思念她，总是想着注定没有回报的母爱，那种天宽地阔的母亲的大爱。

我们冬练三九不知冷，夏练三伏不知热，师傅夸我们，吃了苦的人生才能尝出甘甜。练功夫很苦很累，师傅用沉重的困难和痛苦激发我们的雄心壮志，就是为了不再让奶奶、母亲的悲剧再次发生。

》虎拳与梅花拳

兄弟俩给光明和娇娇解释了武术的知识，没有花架子，讲究的是真诚相待。

　　此次出行武当山，光明的心深受震撼，大有"与君一席话胜读十年书"的感悟。其实他的先生也讲过灵魂的含义，现在他真想就留在这儿，与两兄弟一起学武术。但是他知道不可能，现在有机会向他俩学几招就算不错了。

　　想到这，光明说："你俩很幸运有这么好的师傅，让我很是羡慕，不知道可否现学几招？"

　　听光明这么说，兄弟俩相望一眼，心思一样，很大气地说："好！让我们先打一番，然后再讲解，好吗？我们的拳式是师傅自创的，看好了。"

　　话音没落，只见虎子伸拳打向彪子，边开口说："这是虎拳。"

　　虎拳使出去的重力威风凛凛，把周边的树枝震断。

　　不料，闭口许久的娇娇喊一声："虎虎生威！虎拳好！"

　　彪子不慌不乱，风趣幽默："彼此彼此。"话随拳走。结果，虎拳像打在"棉花"上失去了劲道。

　　娇娇拍手跳起来喊："梅花拳！制胜先机！"

　　光明眼见着梅花拳有意思，软中带硬，完美展现和演绎出道姑的个性魅力。梅花冬去春来，无意苦争春，只把春来报，待到山花烂漫时，它在丛中笑。

　　又见虎拳左手虚晃一招，右手画圆，同时半空转身伸拳直冲梅花拳后背"嗖"的打将过去！梅花拳不急不躁，分寸拿捏轻松自在，同时与虎拳升至半空飘过去，拳式飞逸灵怪，蕴含太极拳式的优雅。

　　这姿势窈窕，一度让虎拳手足无措，勉强应付，竭尽全力用强拳硬生生地化解梅花拳这一式花香拳。

　　一旁的光明满心期待惊喜不断。道姑可真是个神奇至极的人，她倾囊相授，真是有德有才的武术高人！

　　一番搏斗下来，娇娇佩服得五体投地，要拜他们做哥哥。兄弟俩6年未曾见外人，都十分欢喜。

　　虎子说："你们听，云雀都来了，它是神鸟！"神鸟站在彪子肩头鸣叫，活泼可爱的小精灵这是同意吧！

彪子把云雀亲切地握在手心，轻柔地说："它陪伴我们练武，用它天生的灵感启发了拳式的轻盈和快捷呢。"

"哦！这才是穷则思变，变则通，通则久，这是我先生讲过的一句话。今天让我终于见到一位能变通的异人！"光明说。

娇娇恍然大悟，"难怪我爸爸有一天说我的妈妈，你呀！练习双枪如同练武术，只要功夫深铁杵磨成针。这和练成左右手开枪一个道理！"

光明连连称赞道："是哦！刚刚虎拳给我好深的感觉，拳像比虎更凶狠，但是……"他思索了一下，抓抓头皮又说，"当梅花拳突破虎拳，虎拳又经过从灵巧到刚猛之后变为柔肠百结，于是这一拳像是打进厚实黏稠的糊状泥浆之中，一时半会儿想要打，打了又打不实，拔又拔不出。是不是存在一种用错了力道的感觉？如果真用在打坏人的嚣张气焰上，会将对方五脏六腑精气都闷得想吐出来。"

光明的话刚讲出，虎子兴奋地拍一下他的肩膀。

"哎哟！"

"对不起，没注意力道。"

"好家伙，厉害！"

"是呀，光明你也厉害，你感觉到了拳术的力量，学过拳吗？"虎子觉得自己遇上知己，他又说，"师傅告诉我们，使拳之时，加入坚强的灵魂的力量，可以健康体魄，也可以打击坏蛋！让我们悄无声息地长成坟包身边的参天大树，保护穷人，做天下母亲强有力的依靠。"

彪子放飞了小云雀，对光明和娇娇说："梅花拳可以做到叫刀成拳，叫拳似刀。我们师傅把虎拳刚柔并济的内在力量，变为虚虚实实、刚刚柔柔，加入梅花拳的阴阳五行属性。刚刚你们看见的滑溜溜、手挨着就打，碰上就摔，翻滚跃动，借势用力，跟跳舞一般，哈哈哈虎拳难受不？"

光明抓抓头皮，"有一点点儿，看明白了。身为练武之奇才，无论何时何地，他都记得清楚自己的优势所在。而梅花拳的制敌之优势就是身形飘忽不定，连自己都不能判究竟会奔向何处。于动中出手，永远先发制人，从而做到能在复杂多变的局势下，自然而然地分析出敌人的位置，预先判

断敌人奔行方位，是不是这意思？我呀，必须先拜你俩为师，教我几招，让我也逮住机会获得本事，一起保护天下母亲和天下先生。"

这一番话讲出来，让彪子感觉到了少年的诚恳还有智慧，他说："发扬光大师傅的武术不是一日之功啊！即使学习几招，也应该从根上练起呢。"

娇娇一听急了，"我也要学，学基本功打基础！学会之后，回去练。"

心意相通的兄弟俩互相交流了一下，彪子先开口："师傅说梅花篆字帖是古代小姐们最爱的字帖。至今失传好几百年，师傅手上一个原本，据说是老祖宗传女不传男的宝贝。师傅根据梅花字体的飘逸、诡异，创造出了一个提升境界的梅花拳。首先要学字，篆字就像一幅水墨画，要在沙盘上推演。这是因为在沙盘推演能练功夫，还能有效考验坚持下去的勇气和毅力，还是一种练习基本功能力的有效途径。这个时期，师傅将'天道酬勤'之意的意念贯于我们的手、脑、五脏六腑，直至拳、腿，要能饿、能冻、能打，总之，练就一身风火骨，文武兼备。我记得那些年，我们把苦当作习惯，去练吃苦的性格。"说到这里，彪子脸上露出纯真的笑容。

他停下来看看周围风景，继续说："叫字入拳，要懂得字，而懂字，得学诗、词、赋、曲，文的武的一起动起来。篆字在诗词歌赋之中的意境意图意味，都与梅花拳息息相通。"

光明和娇娇第一次面对同龄人受到心灵的撞击，感动得说不出话来。

虎子又说："这一套梅花篆体字拳，青出于蓝而胜于蓝，胜在飘忽虚幻、神秘难测，发力收力都在不经意之间。它与广东咏春拳的防身、健体，还有异曲同工之处。道上的一些拳式，也有咏春拳的模式，但是缺了硬汉子作风。"

虎子指向漫山遍野的绿意，极目远眺，远处的山峰好像从来没有今天这么壮阔。

山峰重叠尽翠，日头升起来，阳光碎金一般洒在坟包那一片树上，雀鸟啾鸣，思念母亲之情更深。

此刻，娇娇打断了兄弟俩的思绪，她问："虎子哥哥，你们俩长得一模一样，为什么他学梅花拳，你学虎拳呢？好奇怪哟！"

虎子听见娇娇喊哥哥，心里很感动，他十分细心解释："我俩的性格不一样。我的性格刚烈倔强，虎拳的特点是快如闪电，动若脱兔，适合我。师傅说虎拳与狼有渊源，也与柳体字的每一个笔画的关系很贴切。要找到拳式的体会，必须把字的火候摸透。比如，狼奔跑的姿势，与柳体字的风格相似，我说的狼，与师傅很亲，它们是师傅的'狼图腾'，所以观察狼是近水楼台先得月。"

"我可以与狼交朋友吗？你练功与狼关系深吗？"娇娇好奇心大发。

这时虎子望着围着坟包的松柏，松叶摇曳，他明白自己的拳术必须更上一层楼，更要有易筋锻骨的痛楚，要像狼一样吐息的气血精气，这是虎拳精神的提升。

虎子的眼睛蒙眬，他的手开始舞拳，一边舞一边悟，他忽然明白，自己并非选择拳术的强大，真正知道了师傅、奶奶、芬姨母亲的期待，能够让身体和灵魂得到蜕变进化。

他心里冒出一种感觉，是悟道：能让天下母亲依靠的，从来不是恃强凌弱的武器，而是自我本身的强大。

这就是师傅不仅教拳而且授道的原因。

虎子与彪子心意相通，而兄弟俩的变化让光明深深敬佩。

此时的虎子跪在坟头，眼中晶亮有神，他说："母亲，您给儿子再生之恩，让我们跟着另一个母亲度过了人生最有分量的童年和少年。您是我们的阳光，这阳光如火炬传递，您看见了吗？满天晚霞占满了半个天际，金顶有了母亲，就全是红的生命。香花是红的，蜜蜂和蝴蝶是红的，云雀的眼睛是红的，满山遍野的杜鹃花是红的，我们在您面前结拜兄弟，是传递不屈服于命运的红色生命火炬！"

武当山金顶之上，坟包之前，此刻跪着四个少年，真诚结拜。

小女孩有恃无恐地说："只许叫老大老二老三和我老四，都为兄弟。顺序是老大虎子老二彪子老三光明。"

光明说:"举头三尺有神明,我们发誓:像芬姨母亲高高举起生命之火,传递爱的灵魂。有福同享,有难同当,行侠仗义,爱我中华。请武当山作证,请芬姨母亲的灵魂作证。"

道姑目睹了他们的结拜,她坚信,孩子们还会相聚!尽管前方的路很艰辛,他们是民族的脊梁骨。

» 馨儿独自带着遗腹女寻找儿子

1957年除夕,汉口铁路外,棚子户一条街。

这里住着的都是贫民,他们是来自五湖四海汇集于汉口打工的人。

渐渐的,这里搭成了半条街的棚子,与另半条街的本地人住的地方相对,为了方便,人们便把别名当正名来喊了。

在棚子街后面有一个即将填平的湖。整个汉口的垃圾一寸一寸吞噬湖水,搞得这里臭气熏天。

湖岸旁,有人盖起一间棚子。

这时,一个戴着黑色棉布头巾的人向棚子走去。湖边臭味的风吹开这个人的头巾,露出了一张苍白的脸。

这张脸看起来还年轻,却满是沧桑。

这个女人叫馨儿,那臭水湖岸边的棚子,就是她和女儿的家。

这个家十分有趣。除夕到了,一块自己绣的精致的门帘上,是出污泥不染、傲视一湖臭水的荷花,这美妙的门帘遮住了粗糙的门,竟然引来了啾鸣的麻雀,像小屁孩一样在帘上东抓一下西抓两下,然后交头接耳大喊"骗我们的",就这样生气飞走了。

馨儿这名字,世界上再也不会有人喊了,认识她的人都喊她胡氏。

胡氏掀帘入家,站了一会儿,然后从怀里掏出一本书,放在女儿做的桌子上。

这桌子面也铺上一块绣的桌布，那上面绣的白色荷花，一条红色的鱼用嘴去呼吸、碰花，真是美极了。

其实，桌布底下是纸箱做成的桌面、砖砌的桌腿，被桌布一围，变成了一个工艺品。

胡氏欣喜地看着这本新书，是女儿胡学禹期盼的《钢铁是怎样炼成的》，她辛酸地看着另一个书柜上的书，心又痛了，是绞着的麻绳那样不堪一击，她几乎是摸着爬上床，历历不堪的往事，逼迫她喘不过气来。

她的丈夫只是救了被洪水围困的幼儿，他本可以照顾临产于城墙的妻子，他可以活，他是馨儿的丈夫，学禹的父亲，又多了一个他用命从洪水中抢来的儿子。

馨儿昏死过去，在外鼓捣垃圾的学禹毫无征兆"哇"的一声哭了！天空忽然飘起了雨，如昨日一样夹着雪，一点点洗刷了她脸上的泪渍，露出美丽的眉眼。

第二乐章　他们，新中国的主人

他们不仅仅在波澜壮阔的历史中忍辱负重，而且养成了坚韧不拔的人格魅力。

» 昂首挺胸走入新中国的农民

"这是你父亲对我说的：这个世界上所有的人，虽然并不是每个生灵都拥有知识和善良，但是女性的眼睛既可以温柔地注视痛苦，也可以在痛苦中历练出一种风度。"

"娘，我是不是历练出一种'垃圾美人'的风度了？"

胡氏听罢女儿自嘲而又辛辣的话，五味杂陈却骄傲。

随后，女儿说："姆妈，今天居委会主任要提前给你拜年，给'垃圾美女'拜年，要参观我家回收的废旧物资场。"

"真的吗？主任来？从前连倒垃圾的人都会捂着鼻子，怕闻臭味，嫌弃这儿脏乱，当官的为什么要来？"

"姆妈总是担惊受怕，忧心忡忡。告诉过你了，这是新社会了，'垃坂美女'也要当家做主人了！"说这话的时候，学禹的脸光彩照人。

胡氏仔细打量女儿，她容貌美丽动人，姿态随性地拿着新书，整个人文雅大方，她随意地靠在书桌前，不知在想什么。

"姆妈，咱们守着这小山一样的垃圾，解决了肚子的饿。这儿的废品是国家的生产物资，还有那书柜里的书，都是从垃圾里淘出的纸片拼出来的，好多好书还是差不多整本的呢。姆妈说这是黄金，我的文化哪样不是这些资料教出来的？别看拼的，我还发现拼页的时候，就是最好的学习的时候。"

这时候，外面有人用标准的普通话说："都在吗？"被母女俩让进来的樊主任，穿着部队的棉袄棉裤棉鞋，一头乌黑的短发，搓着手，"武汉的冬天比北京还冷，你们棚子里也冷，不容易呀！"

胡氏知道居委会主任虽是最基层的领导，却是一方土地的"父母官"。

她是战场上使用过刺刀的人吧？一头短发精神得很，浓眉大眼的英姿，爽朗大方，极有亲和力的真诚。

在胡氏打量樊主任的时候，樊主任也思忖着她们。看见她们"家"中的点滴，她突然记起南下前夕，父亲对她讲的一番话。父亲说这世界谁说了都不算命，关键的道理谁悟到谁清醒。醒过来就是新生，没醒过来会沉沦。

刚踏入棚子，眼前一片净洁的小天地，迎面醒目地挂着颜体楷书，欢迎她成为这棚子的第一位珍贵的客人。左边书：赤子无愁声；右边书：沧海无惊浪，字的下方是一排奇特的书柜。书柜是父亲当年住延安窑洞时那样的纸箱子拼的。

仔细看那些书，是如此既寒酸又高贵，既破乱又整齐，那是残片拼接的理想和灵魂的追求，她看见了书桌和崭新的《钢铁是怎样炼成的》。

胡学禹解释，这是姆妈卖了废品给她买的第一本新书。樊主任的眼睛见到这辈子最熠熠生辉的荷花绣，荷花般的清香，天然的清香丝线，巧手绣出的荷花，这种绣品便具有了魔力！

棚子里是温柔，棚子外是浑厚；棚右边，网成栅栏，网如七色彩虹，材料来自垃圾；棚左边，废品分类清楚，摆放有序，井井有条。左边延

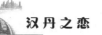

伸过去，一片绿油油的菜地，佐料葱姜蒜辣椒，五颜六色。樊主任忘了臭味。

胡氏介绍了荷花绣的工艺，讲解了家族的兴衰沉浮。樊主任感慨万千，望着这对母女，与她们有了一种家人的感觉。

胡氏姓郑，名郑馨儿；丈夫叫胡立青。在1935年的洪水中，他们一家逃到襄阳城头，胡立青因救被洪水困住的幼儿丧生，抛下妻子与遗腹女儿胡学禹。

不多久，樊主任与胡氏在办公室单独进行了一次谈话。

"你还有一个儿子吧？说说看，应该比学禹大二岁左右，他现在在哪儿呢？"樊主任细声问。

"找了十几年了。"胡氏的脸上出现茫然与痛楚，女儿的话在心里响过：放心，一定要也一定会找着，我爸为我取名时不是对妈讲中国会有大禹出现吗？只要有治理水的地方，我相信一定能找到哥哥。

此刻，她把往事掏出来了。

穷途末路之时，一个姑娘出现，就像阳光透出积云，洒在了一双儿女的脸上，留下希望的颜色。

素昧平生的姑娘，带着初晖的暖意，终于令馨儿的脸上也有了久违的温馨，此时的她真如桃花那么美。

她细细地回忆了一遍对话，有些不相信姑娘用耳环、戒指买了她一幅莲花绣手帕，并介绍了一家可能会收留她的人。

姑娘说："试试吧，你丈夫救人之举传遍了整个襄阳，也许有机会。"说罢就要离开，她摸摸水生的头，看看女儿，似乎有些难过。

能够被这家老夫妇接待，是馨儿一家最幸运的事。

这家人家姓欧阳，只有老夫妇两人，好像早知她们要来，把后面的柴房空出，房里有红薯、土豆、板栗一些吃的东西。

在欧阳老人家里，他们把戒指、耳环换成钱给馨儿，让她绣手帕，还帮着带水生，教他读《三字经》。

好像生活在梦里那么不真实，一切静好，馨儿想抓紧时间，把丈夫教的知识教给水生和女儿。

但一群恶毒的土匪把这美好击碎。他们冲进民房，抢夺财物，强奸女人，将反抗的男人拖到路口乱刀砍死。

馨儿三人躲在柴房底下的地洞，逃过了这一场灾难，也成为全村人中唯一活下来的一家三口。

早春的雨真多，淅沥不断，好像一幅席卷大地的幕纱，将湖边那片菜地淋得湿漉漉的碧绿。

樊主任的心在胡氏的岁月里沉淀，欧阳老夫妇不仅是恩人，更像她再生的父母、孩子的爷爷和奶奶，留给她往前走的希望与勇气。

怒火与悲痛再次充斥了她心头，馨儿收拾了不多的东西，在夜色的掩护下逃往前方。路漫漫，她沿路贱卖绣品去汉口，那地儿有绣坊！

每逢艰难时刻，她都会忆起胡立青扶着大肚子的她一步步上襄阳城头，说：“馨儿我妻，记住，洪水是天意难测，将来必定有新的大禹来疏通汉水。你为了肚子的孩子，只有放弃软弱，才会找到容身之处，而且需要用一切力量乃至生命，去保护孩子的容身之地！”

这一番话，在馨儿心里打下了深深的烙印。

胡氏在回忆中昏了过去，让同为女人的樊主任心碎。这个为了女儿牺牲一切的刚强女人，在夹缝中生存。樊主任打心里难过。

她敬佩面前这位受过旧社会摧残还领着女儿在垃圾场求生存的女人，她还发现，胡氏美丽坚强的灵魂，仿佛带着极其古老而神秘的气息在飞扬。

棚子户一条街正式纳入居委会辖区，臭水湖填平后在上面建成一个花园，棚户区改造工程马上开始，要矗立起居住楼！而更大的震撼和感动是要修丹江口水库和建设汉丹铁路。

听到这消息，最快乐的莫过于胡氏母女两人，胡氏泪如雨下，学禹为母亲擦泪说："姆妈，我会找到哥哥，相信我。"

» 学禹写给水生的信

我们都在与稚嫩告别，水生哥哥你在哪儿？写信的当口，心揉成了一团乱麻，因为思念。

仿佛被一把巨大的剪刀一边剪一边撕，这才发现原来我的心与姆妈一样可以疼得死去活来。

我恨不得能一个人全部代姆妈与哥哥受过，哪怕痛死几百次也愿意。

这个过程，应该是在与稚嫩告别。

春雨潜入夜，润物细无声。我喜欢早春的二月，它带来的不仅仅是希望，它带给我和姆妈一位新的时代"贵人"，她改变了我们的身份与生活，她说我们是新中国的主人。

早先，垃圾堆旁的春天很狼狈。从二月初，天色就放出来一张发霉的面孔，连同臭了的湖水，里里外外都是臭豆腐那么软绵绵乱七八糟的样子。

我们住的棚子里，被潮气打湿得黏糊糊，沾得鞋底都可以扯住脚步；还有我和姆妈好不容易整理出来的纸片，可以"拼接"成页的"书"，这种天气一打开，马上就被霉腥气味熏着而令人作呕。

但是，这样的二月被她改变了。大家尊称她是"人民的公仆"，她代表新中国给予我们的母亲生命和希望。

其实，姆妈是一个极力想活下去的人，她要尽力活到找着你。我担心她还能坚持多久，姆妈爱我们的父亲，哥哥的存在，就是父亲生命的延续啊！

春天的百灵鸟能领你回到母亲的身边吗？我的姆妈感恩"贵人"相救，

她有了精气神，她要把刺绣的技巧传授给大家，这一切都得益于春天的气息、母亲的爱和感恩的心态。

哥哥，我祈求姆妈能坚持，祈求姆妈能够活着亲眼看见她的儿子。哥哥你能出现在她眼前。

多么专横的母亲，要求你只属于她一个人，她的专横让我终于知道了你是谁，为什么是你让姆妈爱到深处。而你就是父亲的延续，成为只属于母亲一个人的私有，甚至连我也不能分享她对你的爱。

因为对你的爱，我们改造了生存的环境。在汉口新马街棚子户一条街的后背，是一个用全市垃圾去填平的湖。湖边又脏又臭，这儿是苍蝇、蟑螂、老鼠的乐园。可是这个地方却有许多惊喜，因为垃圾里有"黄金"，就是可回收的废品，还有比黄金更令人珍惜的宝贝，就是无数残书片，甚至完整的书，我们改造着这块垃圾地。

比起担惊受怕、东躲西藏、吃狗食和残汤剩饭、无所定居的日子，这儿给姆妈和我安宁。

哥哥，你是父亲用生命换来的，母亲缝在你衣服里的东西，千万不能丢失啊，那是我外婆绣的手帕，姆妈说是将来我嫁给你的嫁妆！

别小看它，这手帕曾经参加过世界博览会呢。

写到这儿，突然写不下去了，心里不舒服，不知道涌上什么味道，想起纸片上的《绝句》：迟日江山丽，春风花草香。泥融飞燕子，沙暖睡鸳鸯。

姆妈说父亲读给她听过，是唐代杜甫写的，我女儿思春了！我的脸通红。

不过，樊主任带来了喜悦的春天，你知道是什么吗？

告诉你，1951 年我 16 岁，曾经想参加抗美援朝，但是没能去成，因为年纪小没户口。

今天，棚子户一条街的人都有户口啦，我也能当兵啦！这个兵种叫民兵！你一定很奇怪吧？

主任带着报纸和街道办事处的文件告诉我们，九湖之地要修丹江口水库，要建设汉丹铁路了。

　　我第一个报名当女民兵，我要以春天的名义完成父亲给女儿取名胡学禹的理想，还有跟着新大禹治水的期盼！千年一次的期盼！

　　当然，还有我们母亲的愿望，有治水的地方一定会有胡水生，母亲的儿子，我的哥哥！哥哥，我们都长大了，唯一认亲的就是荷花绣手帕，我们一定能在丹江口水库的建设工地上遇见。

　　我姆妈又有一点不舒服了，下次再写。

　　回见！

妹妹学禹
于 1958 年春

　　生活中一切的故事，或大或小，或多或少，都发生过。

　　不是以前就是现今，一定也会在今后重叠于喜怒哀乐，轮回在春天，雨中的春天。

　　水生哥哥，姆妈身体里的五脏六腑好像旧的机器零件，一件件正散落着坏了下去，她的精神总沉浸在一种忧郁的蓝色之中那么不可捉摸。

　　这种日子里，我理解姆妈日日夜夜思念你，这思念那么浓，因为有母爱，还有对父亲的愧疚。

　　善良的姆妈在深夜嘀咕她是没有办法才把六岁的你留给了别人，她老觉得不久就要离开这个好日子的时代，她想要把我交给你。

　　原来的废品都是姆妈亲自送给废品收购站，特别是我的"垃圾美女"外号传开后，家里所有外面的事都由她亲自办理。

　　恐怕是"一朝被蛇咬十年怕草绳"吧，今天春雨绵绵，我执意自己去废品收购站，家里的废品积压不少，好需要钱给姆妈买药。

　　挑着的废品用塑料袋包装，细细的雨丝飞扬跋扈，经过一家商场门口的时候，雨下大了，我躲在商场屋檐下。

　　我瞧见了一个小男孩和父母刚从商场出来，这个男孩让我突然恢复了记忆，想起姆妈抱着我与哥哥分别的情景。

　　这个男孩虎头虎脑，眉毛浓黑，眼睛放亮，脸上放光，好像阳光特意钻破一缕云烟，将橙红色射在了他脸上。

商场外面的雨下大了许多，眼看街上的水慢慢淹没了街面。

此时此地我的脸在发烧，连耳朵都红了。这是难为情。

担子两头的废品与潮湿的空气相呼应，发出难闻的异味。

我真想挑起担子冲进雨里，我害臊，不是因为我捡垃圾低人一头，是我带给躲雨人的空气质量太差了吧！偷偷看，大家很有耐心，也有人烦得很。

春天的雨给城里的人添乱，往日的我总喜欢在春雨绵绵情意中胡思乱想。这雨是江汉平原的田地的甘露啊！我的心有点缓解压力，我有了打算。

那个男孩说："妈妈，我们蔡老师说过，在春雨中跑，是一种快乐。我们在春天里的雨中跑吧！"

他父亲十分赞同，他母亲说："宝贝呀，妈妈知道你的心思，这个姐姐的心情妈妈也晓得，等雨小点再跑。"小男孩对我笑，那是哥哥的笑，一样样的，温暖阳光，他一手拉着父亲一手拉着母亲跑进这春雨之中，喊了一声："大姐姐，再见！"

我站在那里，把担子往他们站的地方挪，这些废品特别是废纸不会湿了。

故事还在继续，一个年轻人朝我走来，这个男青年脸白净，他对我说："我是棚子户一条街对面小学的老师，你在我们那儿很有名。"

这个世界很奇妙，各种各样的人都挤在大舞台上演出。

因为姆妈的伤，她尽量避免我出现在人多的地方，"垃圾美女"的褒或贬的名声我不在乎，新社会，靠劳动创造人生最光荣！

每一个活着的人都有一个灵魂，父母给予了我一个洁白干净的灵魂，捡破烂用双手捡出一个抬头挺胸的劳动者，有什么羞耻？

其实我还是有因自卑而自尊的心理，误解了我面前的老师。

老师温和有礼，一双睿智的眼睛里布满诚恳，"你很高傲，也很敏感，我懂得生活在底层中的劳动者的自尊、自爱、自强不息，让我感受到了爱心的力量总比伤害大。我刚刚从商场买了两块塑料布，包在废品纸上可不

淋湿，我帮你包上。"

我很惭愧自己的自尊心先入为主。他一边帮助我包废品一边说："捡垃圾堆里的知识，让你能保护自己和母亲的尊严。你童年发生的事，不会再发生。"

我听他讲话，突然发现我维持了很久的一种累，还有一种孤独，向我袭来。看到这个善良的老师，真想借你的肩膀用一下，这是他的真诚触动我心弦的感受。

春天的雨中，我的废品再没被浸泡，我拧自己手臂一下，确认自己不是在梦里。后来，连梦里都没有想过的事发生了。

樊主任把妈妈安排到街对面的小学，在门房搞收发工作。那个门房有一间卧室和一间收发室，我和姆妈离开了棚子。

那儿的工程开始了，要建一座烈士陵园，纪念辛亥革命牺牲的人。这儿有六座墓，人们叫"六大堆"，牺牲的人之多，令人时刻怀念烈士的忠魂。

哥哥，湖没有了，我们这儿的家也回不去了，我却感觉家还在那儿，我父亲的灵魂与烈士的灵魂在一起。他们都是为了建立共和国而牺牲的英烈，他们长存！

哥哥，你在何方？我心急，想快点进入丹江口水库建设工地，我想我一定能成为父亲那样的人。我还想，春天，万物复苏生长，我和哥哥会在工地相认，我们都是这个春天里的故事。

> 妹妹学禹
> 于 1958 年的初春

我觉得好长好长的一段时光，心催我快躺下，我的心疲乏，心也荒凉。眼睛半睁半闭，却来不及对心说自己该躺下了。

这样过了好一会儿，有人在喊：垃圾美女，你姆妈在天上看着你呢，快睡吧宝贝！我在这个时候反倒半点睡意都没有了，而且特别清醒。

哥，现在我见到的春天真是太美好啦！阳光洒满人间，大地回春明媚，含笑的桃花漂亮迷人，一片绿色的芽，姆妈就是春天里的一个故事。

学校校长姓吴，她是一位端庄优雅的女性，她的爱人是飞行员，令人羡慕与尊敬。

她生了一个胖乎乎的儿子，姆妈的母爱一下子就转移到这个小娃娃身上了。后来我发现姆妈在重温小时候的你，你从水里救出来的时候，二岁了吧，还抢吃过我姆妈的奶。

家长们接孩子放学回家，姆妈耐心地接待，几乎全校的学生都多多少少被姆妈看护过，凡是家人未按时接的孩子，都放心姆妈奶奶会照顾得快快乐乐的。我的姆妈，就是这所小学一道靓丽的春天的颜色。

春天的气息，就是姆妈常常对我说的，一日之计在于晨，一年之计在于春。

我很努力学习，学校的几个老师待我太好了。蔡老师把她房间的钥匙交给我，让我去她房间看书。

哥哥呀，蔡老师的床底下有一个大脚盆，盆里堆满了娃娃书！这是她儿子小时候看的书，我疯狂了，蔡老师不在，我便坐在地上看书，她回家了，我拿几本回家看。

我有了娃娃书，不认识的字也弄懂了意思。有一天，史老师来到我跟前，她让我把娃娃书上不认识的字写下来，她教我识字。

你不知道史老师的普通话多标准，广播电台的标准！我不知道自己到底有多幸运，一口普通话考试成绩名列前茅！

几百本娃娃书，被善良的老师用来帮助我学习，她们是我灵魂的工程师。

姆妈的忧郁白天看不见了，她沐浴在老师们爱的大家庭里。

有一天，她在晚间变得沉默。我担心着急，为了使姆妈高兴，我更努力表现出我的进步。

半夜里我梦见姆妈的灵魂出窍，吓得我爬起来听姆妈的呼吸声。我害怕，姆妈离开了我怎么办？哥哥，你在就天不怕地不怕，你不在就手足无措。

这一天开始，半夜里常常有灯光亮起，我变成"姆妈"，给我的姆妈

讲述她最想听的关于你的故事。

姆妈精神昂奋，现在想起来，有些像回光返照啊！

哥哥，我讲你的事都是瞒着姆妈的事，讲述的时候就像是很长很长的梦。记得房东奶奶家的院子里种了葡萄，那日我在葡萄架下的阴影里，望着绿色晶莹的小果子直流口水。隔壁的胖子出现了，他很难看地笑着，上前抱住我说，你跟我走吧，我就会给你吃果果。

我害怕得直喊哥哥。他骂我："小妖精，我让你叫。"他一脚一拳把我踢倒在葡萄架子下的阴影里，扒开我的裤子，我听到的最后一句话是"你娘是个破烂，你也是"。我吓晕了过去，哥哥你像疯了一样慌慌张张，一双只比我大两岁的手，攒足了劲，捏住我的手将我提起。

当时晕头转向的我已经认不出哥哥是谁，只是害怕，想从你的手里挣脱，便一口咬在你的耳朵上。

哥哥当时说："我帮你，你乱动什么？推你的人是那个胖子，他还没离开呢！怎么？你想我像你一样睡在地上呀？"

记得当时你挺直了腰板，在胖子面前还是那么瘦小，看到那个胖子幸灾乐祸的样子，我吓坏了，哼唧着不敢动，顺着你的手才爬了起来，然后我俩一对眼，趁着胖子得意，合力推倒他，然后一起飞跑。

我们明明知道跑了和尚跑不了庙，母亲还在他家当绣娘，我俩还是反抗。哥哥记起来了吗？没有爸爸了，哥哥就是保护我的小父亲，是我们家唯一的小男子汉。虽然孤儿寡母的，常常受冻挨饿受人欺负，可有哥哥在，妹妹没有感到太难过。

讲到这儿，姆妈好像精神好了些，"你哥哥也有25岁了吧？我的儿子在哪儿呢？"

一会儿，姆妈一下子又难受起来，捂着胸口。我对姆妈说："你一定要健康。这次我一定能把你儿子找回来，我保证，姆妈放心。"

姆妈优雅地笑了，那样子我一生也不会忘，她就像一个乖宝宝那么听话，我就像她抱我了23年那样抱着她。我心里恐慌万分，这么乖巧的姆妈这一次是真的要去找父亲了呀！

哥，在母亲虚弱的身体面前，我不仅是她的女儿，还是她的小母亲，要像她的丈夫、我未见一次的父亲那样安抚她。

她为了你和我，付出了毕生的所有，她如此美丽而柔弱，却坚强地活着。我永远珍藏母亲的爱，她爱得曾经那么卑微痛苦，摧毁了她的生命，母亲的爱如大海如天穹，永远滋养相伴我和哥哥的人生！

哥，我为了父母亲要找到你，我为了报恩给我新天地的人，一直为去建设丹江口水库作准备。

樊主任、吴校长、蔡老师、史老师拿我做亲人，我被他们夸成了一朵莲花。还有那位雨中帮我的老师是体育老师，他也姓樊，这次学校去工地的人由他带队。

讲着讲着，我的希望披上了翅膀，好像见到你在丹江口水库工地上向我招手。姆妈也喃喃道："学禹呀！我看见你水生哥在工地上向你招手，你说怪不怪？梦见他像你爸那样威武跳进水里在干些什么？"

我说："姆妈，这叫心灵感应。这是真的，条件是你必须好好活着，我们一家人团聚的愿望肯定会实现。"

哥！母亲很努力地与多种病作斗争。她很勇敢！学校的报纸到了，我得替母亲赶紧分发给老师们。

妹妹学禹

于1958年春

一个人的童年往往影响其一生。每个人的一生中都曾经有个依照真性情生活的时代，那便是童年。

孩子天真烂漫不肯约束自己，他活着整个儿就是享受生命，世俗的厉害和规范暂时都不在他眼里。孩子的童年时光就应该是纯真的，他们应该在阳光下奔跑，在绿草地上肆意欢笑，他们有独立的人格，应该看到五彩斑斓、广阔无垠的世界。

哥，姆妈在春天离开我们了。

姆妈，谢谢你陪伴了我们的童年！我回忆往事，犹如在岁月的他乡，

我和姆妈做的事情都不一样。

在小路上跋涉流浪，真是"少年不知愁滋味"，我开心地跑，一路上都有小野花让我蹭蹭说点话，迎面而来的柳树嫩叶让我摸摸打招呼，老树公公的年轮让我数来数去，飞鸟在天空与我赛跑，它们认识我，让我在后边撵。稚子不知母愁。

姆妈想撵我："慢慢跑，别摔坏脚！"

"扑通"，回头一看，姆妈自己怎么摔倒在地。

这是怎么了？我才发现满脸尽是愁的姆妈那么衰弱，哥哥赶快去扶姆妈，着急地问："母亲，你跌哪儿了？疼吗？我吹吹就不疼了。"

"儿子呀，不疼不痒，娘幸亏有你在，妹妹也幸亏有哥哥在。哪一天妈不在了，你就领着妹妹。"

我赶紧学着哥哥说："姆妈，你摔哪儿了？疼不疼？我吹吹，就不疼了。"不知为什么，姆妈一下子抱住我俩眼泪汪汪。我吓一跳，用我的脸去蹭姆妈的泪水，哪知姆妈的泪水越蹭越多。

我的童年时光，记忆总是离不开饼。有一天，姆妈拖着疲惫的身躯回到我们身边，颤抖地拿出一块饼，是雇工们吃的那种，里面有点点咸的干饼。

姆妈把饼掰成两半，我和哥哥一人一半，其中半块多一点给哥哥，哥哥是男孩，长得快，应该多吃一点。

我点点头，把我的半块分成三小块，一块塞进姆妈口里，一块塞进哥哥的口里，一块给自己一点一点咬，很满足。

哥哥，你的眼睛红红的，你也把饼分成三块，给我们三口人吃，还说了一句话："如果我变成树上的小鸟，会下许多蛋，你们就有蛋吃了！"

姆妈一听，眼睛笑成了月牙儿，于是我就问："男孩子也下蛋的，太好了！"妈妈听了继续笑，甚至笑弯了腰。

我永远不会忘了姆妈这一次的快乐，她搂我俩于怀中，生怕我俩会被偷走，她搂得好紧。

新中国的孩子好幸福。学校外面熙熙攘攘，喜事连连，如同春意撩人。放学了，响了一天读书声的教室，这会儿都安静了下来。

姆妈的眼睛是闭着的，我就安静地坐着看她，心想，如果让她有快乐的心态，这病入膏肓的身体是不是可以治愈？

　　这时姆妈睁眼，看着我的样子，似乎很清醒。"学禹，去打开那个箱子。"那口箱子是买了回来就锁上的，里面有什么东西，我从来不注意。

　　我懂事地开箱，拿出一个用姆妈绣品包着的包裹，然后打开，愣住。

　　这是一件淡得水洗过似的蓝色嫁衣，是我最喜欢的颜色。通体以织锦法绣的。袖口和衣摆，都是小朵深红色的莲花，一朵朵仿佛开在湖面的水波上，都有金色的小鱼儿在花心里，鱼鳞在闪烁；嫁衣的前胸，是紫色的荷花盛开在月牙儿与星空之下，闪耀着鲜艳色泽，即使没有光线，也仍然闪闪发光；收束的颈口，悬挂着串串莲花那么小巧精致，还有花蕊，是金色丝线绣成，灿烂华美；嫁衣背后是一幅疏朗有致的山水风光，星星在太阳与月亮的深邃中行走着。莲花的清香、丝丝暖意在空气中弥漫着。这是姆妈捧出对女儿永恒的爱！

　　姆妈在我的怀抱里安静地睡着了。那一刹那，我品尝了母亲的仁慈、坚强和勇敢。

　　当我抱着骨灰盒，才深刻体会到世界上最远的距离，不是生与死的距离，而是对姆妈的思念，渴望姆妈能活着回来的距离，时间的距离，不可能倒退的时间的距离。

　　妈妈的灵魂从来没有离开过我，因为我比她想象的更爱她、怜惜她、尊敬她，为她给予的而自豪。

　　至此，我明白了我的母亲才是我的容身之处啊！我把骨灰撒长江了，留一小撮挂在脖子上。今后无论走到哪里，就把姆妈带到哪里，从此，女儿就是姆妈的容身之所。哥哥，一旦你出现在母亲的骨灰面前，你的娘我的妈的灵魂会飞舞起来的。

　　姆妈，我一定能在丹江口水库大坝建成的那一天，与您的儿子相遇。

学禹

1958 年暮春

　　人生啊人生，这些事那些事，曾经以为一定不会发生的事，现在相信绝对不会改变的事，事实都很难想象很难说。

　　是啊，那大漠孤烟直、杏花春雨江南、山水田园牧歌、金戈铁马阳关，又是什么样子的人生呢？

　　我对春天许个愿，春风依旧徐徐，今夜的星空寂寥，只有当空的一轮明月分外清亮透明。我独自一人静静坐在学校操场的双杠上，今夜月下，对影二人。

　　脖颈上挂着姆妈的骨灰，她此刻悬浮空中露出依依不舍的笑，真美！

　　记得姆妈倚在门边的样子，长长的黑头发盘在脑后，用哥哥削的一个树枝束着，身材窈窕如少女，眼睛汪汪似清泉，她的那一段人生悲催唏嘘。

　　我怀里抱着姆妈卖完废品之后给我买的《钢铁是怎样炼成的》，保尔·柯察金的人生，留给我和所有的年轻人，人生的价值取向，鼓励着一代又一代人。如果人生真如一朵花开，姆妈的花开过了。花败，败在积弱贫血的国家。

　　今天不一样，我的人生是自己的，今夜我对春天许个愿：金戈铁马阳关要品；山水田园牧歌要尝；大漠孤烟塞北要试；杏花春雨江南要观。从今夜开始忘掉过往的凄冷苦寂。

　　母亲啊，今夜我记起父亲读给你的诗，你曾经读给我听：大江东去，浪淘尽，千古风流人物。故垒西边，人道是，三国周郎赤壁。乱石穿空，惊涛拍岸，卷起千堆雪。江山如画，一时多少豪杰。遥想公瑾当年，小乔初嫁了，雄姿英发。羽扇纶巾，谈笑间，樯橹灰飞烟灭……人生如梦，一尊还酹江月。

　　今后的人生虽有难，但时代不一样了！我也会有"樯橹灰飞烟灭"的气势。

　　春天的气息从未有这么浓郁，它带给我希望，也带给未来无限憧憬和力量。

　　哥哥，春天是一个充满生机的季节。我，胡学禹，就是江上一帘春雨。是垃圾里的小纸片告诉我：未曾遗忘，就未曾消失。死亡，不是终结，遗忘才是。

姆妈，我不会遗忘过去，从此以后，我会是几十万农民民兵队伍中的一个女民兵，几十万民兵是我的战友。我们手牵手，昂首挺胸去建设一个富强的新国家，受凌辱的水深火热的日子不再!

哥哥，等待我和你的相见!

妹妹学禹

于 1958 年暮春

» 在春天里等待冲刺

学禹已经多日没梳头，她的秀发被汗水黏腻板结，好在昨晚淋雨稍微泡散了一些。

挑理发担子的何老爹，用手蘸上水，将手心润湿，轻松抹在学禹头发上，然后拿起篦子慢慢梳理。

一些颗粒状的东西被刮出，有凝结的盐渍灰尘，有大量的头皮屑，还有几只吃饱血的虱子。

他将虱子挤挑出来，逐一摁死，不一会儿就虱子尸体满地。

看着一地的虱子，老爹生出一种成就感。

整整篦了半个小时，老爹这才开始拿起剪刀，真正给学禹理发。

学禹很奇怪，剪短发，把辫子剪了就行，干吗这么麻烦? 还有，她的头上养了这么多虱子，怎么不觉得呢? 姆妈死了这些天，自己顾不得梳理头发，就这么吓人了呢?

马上，老爹笑眯眯地把她的头发编成了一个大辫子，风趣地说："你人不胖，一根黑油油的大辫子长得倒很旺盛，篦完虱子，剪下这根辫子，有人会买哟。"

一边说一边"咔嚓"一下剪掉了辫子，收拾起来之后，照乡下女娃的

样子，给学禹剪了一个齐耳短发的娃娃头型。

老爹又破天荒地拿出一把镜子递给学禹："闺女，自个瞧瞧，理发了一辈子，才理了一个这么好看的头发，以后哇，你又好洗又好梳，还不会再长虱子了，再看看，咋变成七仙女了！"

老爹不无赞赏，学禹脸红了，心里有了快乐，但还是懂得矜持，她说："老爹，七仙女是短头发吗？你说我是长发好看还是短发好看？这个问题还待我好好想一想。"

老爹本想再夸她两句，看这情形也省了。他不收理发的钱，并笑着说："我把这根大辫子卖了，还可以再给你理几次发。"

倒是学禹看着老爹说："有的话是一定要说的，老爹和我肯定不是一家人胜似亲人，理发的钱一定要付的。"她笑了，笑得太好看了。

老爹慈善地摸了一下学禹的头，这个踏实的孤女好样的。得到了老爹的夸赞，眼睛里兴奋的光芒璀璨得就像昨夜天上的星星。老爹不禁哑然失笑，再怎么老成，也还是一个纯真的女孩啊！

学禹漂亮得那样的与众不同。她穿着樊主任送她的女式军装，极合身，娃娃短发闪亮的耀眼，今天的学禹让所有的老师和学生都记住了她的形象，一位英姿飒爽的女民兵。

她要替她的母亲站好最后一班岗，拿着报纸、信件、公函，送给校长和老师。她走过的地方，徐徐清风扬起衣角，吹开她的刘海，那张脸因为笑容，惊艳了老师们。

学禹把报纸轻轻放在桌子上，悦耳如云雀的声音叮当响起："吴校长！"她像一只灵性的猫咪扑向校长，撒娇起来，露出女孩真正的活泼。

吴校长溺爱地摸着她柔顺蓬松的软发说："你看窗外！"窗口挤着好多的小脑袋，小嘴巴叽叽呱呱喊"学禹姐姐"。

一个衣服打补丁的小女孩站在同学的旁边，怎么也挤不进去，瞪着亮晶晶的大眼睛，小脸上有一种令学禹心动的焦虑。学禹走出校长办公室问："小花，你想问我什么问题？慢慢说。"

小花脸红了："你当解放军了吗？我长大了也想当解放军。"

学禹光芒四射，她说："是女民兵，你看！像吗？"她转了一个圈。

"像女民兵。"孩子们齐声高喊。

正在这个时候，孩子们神奇地举起手来，小纸片、作业本、书、笔盒……凡是可以写上字的都递给了学禹，大家说："请学禹姐姐签名。"

这些稚真的小学生，像一束束阳光揉进了她的心。为了他们茁壮成长，她感到了责任，忽然理解了死于洪水的父亲的责任。

校长拉起学禹的手，这双手被她母亲保护得极好，线条匀称干净，没有一点折皱，灵巧而柔软，这是一双可绣出参加世界博览会的中国刺绣精品的手。

母女俩即使困在绝望中，为保护中国传统刺绣手艺，在捡垃圾时都戴着厚厚的手套。

吴校长郑重说道："恐怕刺绣的传人至今只剩你一个人了！我代表你母亲为你准备了二十双厚手套保护你的手。樊主任珍惜人才，也了解我的苦心，把你分配到指挥部，管理收发文件和接打电话。"

学禹来到部队的时候，拎着一个生锈的铁皮箱子。有人问她里面装着什么。学禹说装的书，里面有高中的课本，因为樊主任说过要准备打长期的"仗"，一时半载回不了学校，她想边劳动边自学高中知识。

她忽然有些不自在，那摄影师们的镜头几乎全瞄准她，她对这些摄影师做了一个表示反感的怪相，竟然也被拍了下来。后来，这些照片竟魔术般地改变了她的人生。

这时候，大街上敲锣打鼓的热闹声转移了她的注意力，听到樊老师说："平日里过年过节扭秧歌的人都站在巷子口来送我们去工地，真像送红军的乡亲们哪！"

"是吗？红军上战场也是这么送的吗？还要开誓师大会吗？"

"到了誓师大会现场，你坐前排，就可以知道开誓师大会是前进的冲锋号，气吞山河、庄严宣誓、承诺任务！"

可是，来到这个空旷的广场，只有一个简单的搭台，搭台上方扯着"誓师大会"长幅，学禹感觉与自己想象的完全不一样。

她又站起来回看，她们的部队武汉师团在最前面，整个会场布局不像八阵那么整齐有序，更没见到什么样的建设工具。

有些郁闷的学禹站起身来，她像侦察兵一样直奔会场外。站在场外，注意力回到现实，喧腾热情的民兵，他们不同的脸庞，脸朝黄土背朝天的质朴，她感觉自己的心律与他们相通，她似乎遥遥望见他们驾牛走过土地，走过田野，一帘春雨。她想要绣下来。

学禹突然很轻松，身体与灵魂呼应，周围有点静，一切都显得那么神清气爽。

》大叔司令和女民兵

学禹正失望透顶，水库建设工地在哪呢？誓师大会不在工地，是个什么意思？她想找个人好好打听清楚，水生哥哥就在水库建设工地，她坚信。

她看到不远处有一个人，像一棵棕色的树，地上一圈一圈的烟头围着。

学禹走上前对那人说："大叔呀，你抽烟咋这样？抽烟太多对肺不好，对身体不好，家里人会担心的，我只提个小小的意见。"

大叔转过身来看面前的女孩，这是个坦率可爱纯朴的丫头。她身上有一种他熟悉的味道，眼睛里看到了战争年代在红军队伍里的少年自己，在枪林弹雨中的搏斗。

1949年10月1日，新中国在庄严中成立！千湖之地18万平方公里的山山水水如旧，大办农业的中原大地，迎接又一轮挑战，治水、修路的蓝图要在烂摊子上实现，中国的民兵战士的身影即将在誓师大会上出现。

这是又一场人民战争，江山的主人不惧风雨的意志，终会记入史册，留在千湖之地的人民心里。

他思如潮水，望着一地的烟头哑然一笑："谢谢你小朋友，嗯，烟抽的是有点凶，在家有老婆管，在外有群众管，很好。"

随即，他看了看扑灭后剩下的一截烟头，又装进了烟盒。他带着探究的态度发问："你在这儿找河水的响声？小民兵同志，是吗？"

学禹感觉新奇，她想：也许不是自己一个人在找流水吧？

大叔接着问："小同志，我猜你找的原因恐怕是把丹江口水库和汉丹铁路的建设搅浑了吧？你是哪个建设兵团的？"

学禹惊奇这个大叔有几把刷子，她竹筒子倒豆子，"大叔真好，我是真正的女民兵，还是第一个报名参加民兵的人。我叫胡学禹，学习大禹治水的学禹。明白吧？我是来建设丹江口水库治水的，怎么这里是汉丹铁路建设誓师大会呢？看到这一片田地，却寻不到河流，我心里着急，大叔肯定能告诉我想知道的，对不对？"

"哈哈哈！"大叔的笑声开怀畅快。

大叔笑完说："痛快淋漓，女民兵小丫头，你犯了一个思维错误。"

"大叔，你读过许多书吗？你懂思维错误？解释一下好吗？"

大叔擦了一下笑出的眼泪，"你读过中国成语故事《刻舟求剑》吗？"

"读过，可是这个故事与我提的问题有什么关系呢？"

"再想想。摇头？好，我给你讲。你想去的丹江口水库是管理丹江水和汉水，在两条江交汇的地方修一个水库，顺水势为它们提供一个水流的通口，缺水的时候开水闸，水大的时候把它们存在库里。你在这里即使找到河流，听到水声，它们不是丹江也不是汉水，是不是和刻舟求剑一样的意思呢？"

"大叔，我姆妈总说我不爱动脑子。我是心里有个结，一心想治水，要在那儿找哥哥。"学禹对面前这和蔼可亲睿智的庄稼人产生了亲切感，脱口而出，"我认识你。"

"你怎么认识我？在什么地方？什么时候？"他笑了，心想这丫头喜欢看报纸，不错。

"在梦里！真的，你就是我梦里父亲的样子，"她打量了一番又说，"对，就是你这个样子！"。

这个大叔又开心笑出声，笑声传出很远。

这时学禹又说：“治水，大禹治水 13 年，父亲有治水的愿望，那时我还没出生，他说不管生儿生女，我的名字就是学禹。”说到此，学禹伤感起来。

大叔听明白了眼前丫头的心事，他很认真地讲：“学禹同志，信不信天上掉馅饼的事？你不会信！你一肚子的话，把大叔当朋友诉说，你对父亲的感情可以打动天地，我包票，你可以去丹江口水库工地，你信我一句，‘念念不忘，必有回响’，诚能打动人心。”

学禹从来没有与父亲般的人讲过心里话，连梦里也没有过。此刻的她，高兴得像春天的燕子，这个父亲般的大叔，不仅温暖了她失去亲人的心，还是她生命中的里程碑。她飞一样往会场跑，突然又转回头看，大叔笑着挥手。她大声喊：“父亲！谢谢！”

刚跑回会场，本来简陋的台上出现了桌子、凳子，桌子上有话筒，誓师大会即将开始。

学禹伸了一下舌头，乖巧地坐回樊老师身旁。她红扑扑的脸像苹果，墨黑的眼珠灵动，悄悄问：“樊老师，天上会掉馅饼下来吗？”

樊老师直摇头，学禹刚开口说“会”的时候，突然看见大叔跑台上去了，她想喊大叔下来，又想，完了，大叔说天上会掉馅饼是哄我的。她发现大叔的眼睛极亮，气质变得越来越庄严，转眼发现台上的大叔眨眼睛，看着她笑，那样子开心极了。

樊老师说他是几十万民兵的司令员，总指挥长。学禹睁大双眼重新看大叔，气质像司令员，特别是侧影。她问：“樊老师，你咋知道的？”

“报纸上登载的。”樊老师认真地回答。

“他真的是人们说的司令？我刚才跟他说半天的话，喊他大叔呢！”

“你喊他大叔？他可是我们省的‘平民’省长！省长竟然没有笑你！他打仗很厉害。”

学禹高兴地说：“我是觉得他待人可亲切了，像父亲，我生下来就没父亲，梦里见过的父亲都长他那样。”

樊老师听说过平民省长的胸襟与人品，也喜欢这位总指挥长。

初夏的阳光照着大叔，他走到桌子旁，拔下话筒，走到台前坐下，顷刻间，全场鸦雀无声。

大叔披着阳光，像慈祥的庄稼汉，根本看不出来他曾是浴血沙场的老将。

学禹专注面对大叔，数着他脸上的皱纹，脑子里不知想啥。

他额头上，有一条皱纹又粗又长，这是打仗的智慧纹；中间的一条纹，比第一条长一点，是访问调查土地和农民的疲劳纹；第三条纹比第二条纹又长一点，配合脸上、眼角、鼻子、嘴巴四周的细纹，是丹江口水库和汉丹铁路的蓝图纹。大叔好辛苦哇！她发现大叔的眼睛炯炯有神，是一种思想的光芒。很快，她的注意力被大叔略带河南话音的普通话吸引了。

"你们可能猜不到我刚刚遇到一位女民兵战士，她问我为什么丹江口水库变成汉丹铁路了。"

"是吗？为什么丹江口水库变成汉丹铁路啦？"一个男民兵诙谐地问。

另一个民兵马上开腔道："眼睛一眨，老母鸡变鸭！是不是？"

"是！"全场齐声回答，然后"哗"的笑声。

大叔继续讲："你们就没有想过，水为什么弯着走不直着走？中国治水的人有多少？现在治水的人有多少？修铁路的人有多少？用什么东西修铁路？这个小同志一脑袋瓜装满了她从出生到解放的问题，不简单！她像我家那三个儿子二个女儿，我难得回家，一回家，他们攒的问题如过江之鲫。那无数个为什么，把我和爱人的时间占得一个渣都不剩呀！"

大叔这唠嗑惹得全场爆笑，有老婆的人笑得肠子都直了。

大叔一挥手，全场静下来。"这个小同志有个外号叫'垃圾美女'，为什么？她家住在一个死水湖旁自搭的棚子里，那儿全是垃圾，准备填湖改造。她就在那儿淘垃圾卖给废品收购站，然后买粮食。她说垃圾里有黄金，就是废纸上有字，拼接成页成书，变成认字识文的资料。她说，漂亮是外表，美丽是内心，'垃圾美女'怎样啦？劳动最光荣。"

这时候，全场响起雷鸣般的掌声。大叔抬手，全场安静。

"我问她父母在哪儿，她告诉我父亲死于1935年的洪水，她生出来

就没见过父亲，她同家人经历洪灾、逃难、捡破烂，熬到解放，熬到修水库，所以她第一个报名修水库，以民兵战士的名字向人民共和国报到。那么问题来了，她今天看到的是建设汉丹铁路誓师大会，我们应该怎样回复她提出的问题呢？我想了想，不想唱独角戏，下面的民兵战士，谁想好谁上来。"

学禹恍然大悟，大叔是多智的将军呀！他的身份让所有人敬重。他离我们最近，是庄稼人大叔；是几十万民兵战士的将军；是指挥建设工程的司令，是一个女民兵心中梦想的父亲。

正在遐思的学禹被一个人的声音吓了一大跳。

"丹江县！"

"到！"一个方阵的民兵代表站在大旗下齐声回答！吼声惊起了四周的小鸟。

然后，分别是襄阳县、枣阳县、随县、安陆县、应城县、云梦县、武汉市各路民兵的报到声，整齐划一声音嘹亮，响起《大刀向鬼子们的头上砍去》的民兵队歌。

此刻，学禹置身于这样一群勇敢的战友之中，亮晶晶的眼睛闪烁着期盼的目光，那是"让暴风雨来得更猛烈些吧"，那是渴望战胜困难的喧腾的情感，那是新中国的农民抬起头挺着胸的坚强意志！

司令落泪了，他一手叉腰一手一挥，全场肃静，他说："阎锡山能在山西修一条铁路，我们为啥不能修一条让人民幸福的铁路？"

"能！"台下吼道！

一个响亮的"能"字，深深嵌入学禹的心里，她想，总有一天，我能把大叔介绍给哥哥。

哥哥，如果我不能拥抱你，我会陪伴你。她这么想的时候，橙红色的太阳光落在她的脸上，与平时纯真的样子判若两人。她一下子成熟了。

» 三个幸福的老头

此刻，一个半大小伙子从武汉师团中跑上台。他向总指挥长鞠躬之后，又向台下鞠躬。

他拿起话筒说："我是一颗会唱歌的石头，名字就叫小石头。会唱歌的小石头跟着清澈的流水不走直路而走弯路，是大自然赐予河流的常态，走直路是一种非常态。为什么呢？河流告诉我说：会唱歌的小石头，我们在前进的路上，会遇到各种各样的障碍，有些障碍是无法逾越的，所以我们只取弯路，绕道而行。也正因为走弯路，我避开了一道又一道的障碍，最终抵达了遥远的大海。"

他讲到这，看了一眼前排醒目的学禹说："其实修水库、修汉丹铁路也是这个道理，我们一定会有坎坷、挫折，也要把这曲折的建设过程看作是一种常态，不悲观不失望不短叹不停蹄，奋力向前。这样，我们就可以像那走弯路的河流一样抵达伟大的目标。我讲完了，最后请我们的艺校师生为大家唱一首歌《向前向前》……"这些学生民兵厉害！学禹好佩服。在欢快的歌声中，学禹看见从台下走来三个老头。

这三个老头都有来头，都想当民兵。第一个是金老头，他说："襄阳民兵大队长金诚是我的儿，金诚儿啊，这下你不敢阻拦我当民兵了吧？"说完，他笑得很狡黠。

第二个老头的来头大了，是枣阳县民兵大队长赵东生的爹。他说："我有本事叫你今年种稻，稻准丰收；叫你种棉花，棉花准增产。"

第三个张老先生更牛，他说："我是来道别的。"台下面哄笑。张先生一本正经地说："笑啥，我与82岁道别，现在我28岁……"

学禹很注意听张先生的故事。他说他是大洪山的人，从大别山而来。看到了今天的会场，想起以前山里的媳妇唱的一首歌："叶子黄了，我在

树下等你；月儿弯了，我在十五等你；我们老了，我在来生等你。送我的郎当红军，几时你们再回山？愿有岁月可回首，但从深情共白头！到你打败反动派，媳妇等你把家还！"

张先生说："红军是工农兵，工农红军有火热的血、火热的心。长征的路上，红军历尽苦难淬火成钢，信仰的飘带染红了红军走过的路。这是什么？这是中国精神！中华民族的灵魂。"说到这，张先生说不下去了。

"我认识的兵有红军、八路军、新四军、解放军、志愿军，还有一支军队，是总指挥长亲自选拔的农民特种兵。每一支军队都受到过严峻考验，考验至死不渝的忠诚。在大别山给新四军战士上文化课，一位女将军请我教战士写中国共产党是一切为了给人民谋幸福的党！她讲了九一八事变的真相，今天，我仍然要在这讲勿忘国耻。我记得，那年月在武汉的街头上，出现东北流亡的大学生，他们和武汉的大学生一起在街头演《放下你的鞭子》。那些歌我也会唱，陈老师，让学生们唱吧。"

一位年轻的老师指挥学生演唱，歌声中，总指挥长走向前台，他说："新中国成立了，我们要在破烂摊子上重新建设一个富强的国家！这是我辈的光荣！"

总指挥长紧握张先生的手说："我也向昨天挥手，在您面前我现在15岁。"众人都笑了……

学禹的眼光随着三个幸福满满的老头，忽然他们的眼皮睁开，目光一致看了看上台的人。学禹随他们的眼光看去，也没舍得挪眼。

》鄂西北四大美女：春花、紫荷、菊花、冬梅

冬梅对春花说，人要学会放下一些东西，才能得到一些东西。太倔，会错失很多。

春花是河南洛阳人，出生那一刻，漫山遍野的杜鹃花、桃花、牡丹花

混在一起开放比美。接生婆有点不敢抱她，说接生了一辈子，没见过这么个不平凡的婴儿，分明是个小狐仙。娘亲老做噩梦，一做就做了 16 年，认为春花 16 岁须往有水的地方，寻一个不能人事的男子为夫。

千湖之地的大洪山，时值深秋，云雾缭绕红枫的时候，夕阳西下，倦鸟归巢，一大片的枫林与绝色夕阳相映，山村真是好看。春花嫁给大她十岁的素不相识的陌生男子。这男子上无父母，下无弟妹，娶春花是他家寻了 16 年的缘分。

天刚黑，春花像小猫一样钻进丈夫的被窝，紧紧抱住丈夫的身体十分羞涩。丈夫结巴着说："对不起，我打柴看到树上鸟窝的小鸟要掉下来了，去扶鸟窝，自己掉下来，根没了。你可以找个喜欢的人，只要给我一个家，生个娃，跟我姓。"

春花用嘴巴堵住丈夫的嘴，滚烫的泪水湿透丈夫的心。从此以后，春花一天天在枯萎。

不久，忧伤的丈夫得了一种叫红斑狼疮的病。半年后，躺在床上的丈夫知道大限已至，他拉住妻的手说："花儿，对不起，再找个人入赘，生头一个娃跟我姓。嫁给我这么久你都没问过我姓什么，告诉你我姓岳，岳飞的岳！"

只是她现在一点儿也不愿再嫁人了，到哪里去找这么善良的人？

又一个桃花的季节开了，一片粉红。深山小村外，走来一个迷人的男子，他高大匀称挺拔，眼神深邃含着城府。他耳朵里响起家里父母的声音，"你回来就要成亲了，与你同年的都生二个娃娃了。"

这男子叫大志，当年为春花挡过不少唾沫。春花嫁去洪湖的时候，大志的家长送他去郑州一家工厂学徒。他发誓要找着春花，只要春花依旧灿烂，心也就落下了。

大志老远瞧见的女人就是她。她在池塘边挑水，看着一池小荷尖尖，鸳鸯成对。

大志走近，两人相望，没有邂逅的惊喜，像上辈子的情人，归来坦然。

为什么春花头上戴着白绒花？这醒目的白色在粉红、绿色中那样突兀

阴森！大志的成熟沉男人的气息逼近春花。

春花身上的淡然冷静阻止了大志，想到善良丈夫的临终遗言，春花的脸难得的微笑柔和。

"我来做上门女婿！"大志终于深思熟虑地开口。

春花眼前一黑。

与春花的冷静相反，族长对远道寻来的大志很热情，他大笑："春花，你丈夫对你好不好？他只求你给他留个娃，你答应过是不是？这个男人是长留短留你得留，才对得起你丈夫。村里的年轻人都在打你的主意。这个男人既然来了，你看他高大健壮有胆识，你们一起长大，那就留下。"

族长讲完，天边的黑云过来了。大志看春花一眼，说："前面带路。"

族长笑眼送他们，说："简直是传奇。"

大志把春花紧抱着，快十年没见春花，她熟透的身姿，比桃花更艳，遥远的思念，一股脑儿地给足了春花盛开的浪漫。足足缠绵了三天。

第四天，春光明媚的早晨，春花送走大志，一切无痕，日子照常，仿佛从来没有人拜访过这个小村。

十个月后的一个凌晨，春花屋里传来响亮的婴儿的哭声，有后了。

做了母亲的春花整个人都变了，眼神更清晰明亮，精气神儿旺盛。她从不谈孩子的父亲，感觉一辈子有了盼头。

一天，四岁的儿子睡得小脸蛋红扑扑的，她准备摸起来去茅厕。这时，黑暗中突然传来一阵脚步声。听上去至少有三五十人，不太像是土匪，应该也不会是村民。

好奇的她停脚偷听了一耳，只听队伍中有人低声说了句："队长说这个村的民兵组织正在组建，暂时不纳入训练。"

啊，民兵组织是啥？春花第一次知道了民兵这个组织，是自己农民的兵。夜归于寂，流云寂寥，她梦见自己变成一个民兵。为了儿子的将来，她一定要成为一名女民兵。

那年夏末的祁家村池塘，一枝紫荷的花瓣徐徐展开，祁老先生突然站起来，背挺得笔直，拿一把戒尺打一个学童的手。

这孩子只有四岁，聪明胆大，在学堂玩蛐蛐。就在戒尺打下的一瞬，学童昂起头，眼眸中水光闪动，衣襟上都是泥浆，脸上也是，"先生，刚刚我听见妹妹在哭！"

"什么？"先生惊愕。眼泪突然从先生脸上滚落，那是欣喜激动，生了！祁老先生添了个长外孙女！先生为这个小闺女取名紫荷。

这一天祁家村的景色太怡人。一年开一次的紫荷睡在碧绿的荷叶旁，而叫紫荷的小婴儿比这夜还美。

她像紫荷，濯清水不妖，出污泥不染，文静纯净，天生如紫荷一般优雅。在外公的私塾的读书声中长到三岁的时候，战火蔓延到中原。小紫荷长成亭亭玉立的美少女之后，求亲的络绎不绝。当时，能识字有文化的姑娘去哪儿找？何况还能干聪慧过人。这时候，老先生却把外孙女儿一家三口送到大洪山里的亲家，他想早点把紫荷嫁出去。

紫荷懂外公的心思，对外公提出二个要求：一是她还小；二是要自己选女婿，外加女婿倒插门。

外公思来想去很久，这倒插门有点不讲道理。雨点打在倔犟的少女脸上，她抹去眼角的泪珠说："没错，这想法有好久了，我读的书告诉我，只有自己够强才能真正保护自己，我相信自己的选择。"

雨点继续滴落在少女的身上，那年轻的美好的期待，都绞痛着外公。

最终，紫荷从众多求亲者中留下五个小伙子，她对外公说："外公，我喜欢辛弃疾那样的英雄，这五个人中有他，我会给他机会。"

外公心疼少女的暗恋，他安慰宝贝的外孙女："孩子，战争结束之前，也不用担心离别。记住外公今天给你讲的话，无论离别有多远，即使是生与死的距离，也有再重逢的那一日。"

最终紫荷嫁给了叫欧阳汉武的外地人。她是第二个走上台的，也带了孩子，不过是祁村民兵的孩子。

"一路过来真好玩！"

"姐姐，我没戴红领巾，小民兵少先队不收我怎么办？"

"你跑得比我还快，自己想办法解决呀！"

"对啊，我找菊花姨！"

姐弟俩欢乐的声音让会场顿时增添了生气，让众人目光投向第三朵花。

菊花的娘吃苦耐劳，她每天吃一顿饭睡四个钟头，农活、家务还要喂猪养鸡，天不亮就起，午夜才睡，遇雨雪就在家里补衣做鞋。她心软向善，猫狗死了她偷偷埋在树下，有乞讨的人到门外会把自己的食物赠给他。

自嫁过来，她光生儿子。隔年一个，连生四个。怀第五个时，她摸摸肚子叹道："娃呀！你看这小野菊又飒又甜，带点青涩，却又闻着丝丝清凉。你要提前来，就一定是妈妈的小棉袄！是一个把秋天叫来的菊花。"

她话刚落音，漫天花雨菊香飘香，一个眉清目秀的女婴提前顺利生下。她一生下来，第一场秋雨一夜浇黄了树叶，只有小野菊金灿灿中夹着红，美不胜收。

菊花上台就说："唱支山歌给咱民兵听，好不好？"

"好！"

学禹算是长见识了，这个女民兵是新中国的女性，当清脆的歌声响起，她蒙了，太好听了。

"一根（那个）竹竿，容易弯（啰哟），三锣（哟）麻花（呀）能上担，乌龙（哟）搅水（呀）能（哟）飞上岸，众人（呦）团结（呀）力量大。（嗦那一枝郎大、郎大的一支哟）农民哥哥今不换，农民哥哥金不换，农民（那个）哥哥金不换"。

歌声绕梁，全场合唱，他们在等冬梅。

冬梅和同村的燕子是好姐妹。

燕子没满一岁的时候，正是梅花傲雪的季节。人们都说村里生下一个像月亮一般美的丫头，父亲抱着女儿高兴地说："丫头，我们家是最穷的人家，不过爹娘把你当宝贝。现在傲娇的梅花林里的红梅开得格外欢呢，我喜欢这梅花的性子，丫头哇，你的名字爹想好了，叫冬梅，吕冬梅，天遂人愿！"

冬梅三岁的时候有了一个弟弟。爹脸上有添子的喜悦，但却十分无奈："娃儿呀，你是春天生的，给我家带来福气！可惜春荒来啰，租子交完，剩下的余粮留种子，熬不到夏收啊！儿子，爹出门打工，以后让姐姐帮娘带你吧。"

冬梅十岁那一年，爹把姐弟留给患病的娘辞别人间。弟弟成了冬梅的尾巴，姐弟俩每天都是饿肚子。那天来了野班子唱戏的人，冬梅听到燕子姐姐的声音，只见她被戏班子的人围着，被班主视为天才。远远看见冬梅姐弟俩，燕子飞一般向他俩跑来，嘴里含着诱惑的玉米饼，颜色金黄，没有掺野菜。冬梅的弟弟直愣愣地盯着燕子嘴巴里的饼，燕子从口里拿出来，全部塞到他口里，装着吃过的样子说："他们戏班子的人唱什么我学二遍就能唱得一模一样，我准备去戏班子当学徒。"燕子的爹在外打工，奶奶老年痴呆，只有娘照顾她们兄弟姐妹。春荒难熬，燕子觉得自己会唱戏，能挣很多钱，不饿肚子，于是她自己做主，将自己换了十块银圆和两块不掺野菜的饼，银圆给了娘，饼子给了冬梅。

"我也想去，但爹临走说过，他走了，家交给我，我不能去。"冬梅说。

燕子叹气："明天早上来送我吧！"

"王八戏子吹鼓手"的下九流身份，比农民的身份还低，第二天燕子家没一个人送她。燕子决心唱出名，挣大把银圆，做几身好看的衣服。她义无反顾地走了，树枝摇曳，好像要吞噬燕子。

谁也没想到，燕子从戏台上意外跌落，被人抬了回来。现在她手脚渐渐冰凉，四肢慢慢僵硬，就要死去。

"姐，你怎么那样傻？你怎能拿自己换饼救我们？我要你回来好不好？姐姐呀……"

台上的冬梅从回忆中走出，她高举右手大声说："我们一定要把国家

建设好，不要再让我们的孩子忍饥挨饿。"

现在已是夕阳西沉的时候，层层叠叠的晚霞将天空浸染得绚丽起来，冬梅跑下台时，发现总指挥长被一群红领巾围着，霞光包围着他与孩子们，那么和谐温馨而又美好。

» 农民特种兵？什么兵？

一对双胞胎兄弟分两路腾空直射上台，他俩姿势迥然。

这套拳法号称万祖之拳，又名 32 式拳。有民兵喜欢拳，知道这 32 式拳一招一式倒是平常，关键是拳意出彩。

有人说："这力量，这就是我们几十万农民民兵建设大军中选拔的农民特种兵！他们的道姑师傅根据他们的优势创新的拳式了不起。"

台上出现交织状态，一人出拳如同百人出拳的速度，一人之势如同百人之势迸发。一套拳打下地，只见他们周身出现白雾升腾的奇异景观。

会场突然爆发掌声："我们的农民特种兵棒！"

总指挥长的思绪万千。两兄弟的师傅对于这兄弟俩的不同体质，自创了虎拳与梅花拳，引进了攻守兼备、刚柔并济的"绣春拳"。

想到这儿，总指挥长感觉这与农民特种兵的训练有异曲同工之妙，必须有坚定的为人民谋幸福的信念，而且有解放军特种兵的素质。

他们战斗在最艰苦最危险的地方，他们是领导岗位的第二梯队！在中国的历史上，刻下了一个新兵种——农民特种兵！

这时候，只见兄弟俩脚步似魔似幻，好似在绝壁上行走。从正面看，他们似走入无处容身的峭壁，只能容下一个脚尖、最宽不过半个脚掌的"路"。只见他俩断断续续、时有时无在这条"路"上保持平衡，让人屏住呼吸。

当人们正跟着感觉走的时候，真正的博弈开始了。

迅雷不及掩耳之势的一股强烈的精气神迎面扑来。虎虎生威的虎拳，来势汹汹，它在梅花拳的花丛中，拳呈滑行态势，惹人眼花缭乱。虎拳咆哮着追逐梅花拳，二种拳术似追逐又似游戏。

学禹听见蔡老师说："真是越来越有味道了！"

"什么意思？老师也翻译一下吧！"

"这师傅有武德，诲人不倦。为了对付江湖恶人，将自创拳融入了江湖猛拳。你看，顷刻之间，刚刚的春风化雨突变：勇猛、切磋的斗拳开始。"

学禹一边用心看，一边听蔡老师的解说："两个飘忽的人影招招出拳要命凶险，他俩身形灵活万变，出手于虚实变化之中，有着千斤巨力。梅花拳变成'刀'的力道，刀即拳，拳即刀，把刚柔并济的内在力量本质，发挥成劲力百变的态势，虚实刚柔的武当太极优势，混搭梅花拳的阴阳五行变化，打起来就让受招之人感觉难以招架。真是用拳打三分，用脚踢七分。"

"老师，梅花拳能打赢虎拳吗？你也学拳吗？"

"你再看！虎拳面对盛气凌人的梅花拳，攻得谨慎，深知此刻一个不注意就铁定会中拳而溃不成军。"

学禹十分担心，她看见虎拳就像是打进泥沼里，既打不到实处，又拔不出来，虎拳突然有了一种用错力道的感觉。

"完了完了！虎拳九死一生！"学禹急了。

场面让蔡老师也有点看不准，"应该不会这么容易输吧？"

学禹从没有这么强烈的欲望，想要早早知道比赛结果。学禹这样记录这场惊心动魄的较量：这兄弟俩的拳术，简直就像摄我心魄的一种力量，收割着全场人的眼球。这位大叔是强将手下无弱兵，真人不露相的将军啊！

学禹准备收笔，兄弟俩还没收工。他俩腾起，在半空中使了360度的空翻金斗飞下之时，一只"老鹰"斜空拦截，两只手抓着他俩的衣服，一起落在台中央。大家惊讶之际，台上一老一小乐开了。

"爸爸！妈妈快看爸爸飞下来的！"这是苗苗的惊喜声。

"想曹操，曹操就到！"这是总指挥长在说话。

学禹打量这人，他究竟是谁？

台上三个人战作一团。耳边响起老师的声音："此人内息强大，不简单。"

兄弟俩劲已泄，冷不丁那只"老鹰"扑来，二人同心在拳上加劲，化柔为硬，意念相通，拼出十成功力。

正当兄弟二人联手出击，顿觉身后狂风大作，惊人的掌劲双拍二人颈项，老师大惊失色："正规特种兵之擒拿！"虎拳硬顶，"啪"的一声，好险！

"停！"师傅道姑的声音传来，让台上拼搏的人整齐停手。苗苗扑向来人喊："爸爸危险！他们是我们农民特种兵，不是坏人！"

"苗苗，好儿子，爸爸今天是考官，有话向首长汇报，去妈妈那儿。"

他坚定地走向首长，严肃认真敬礼，直到首长看着他的眼睛里出现熟悉的笑意，才放下敬礼的手来。

"你来了？很好！与他们交手一场，感觉如何？"

"报告首长，这是我来这儿的一场考核。既考我，也考他俩。我还想见证他们能否拿住父母的接力棒。"

"你想他们去自己父母的战线？"

"您感觉呢？他们让我震撼，青出于蓝而胜于蓝的实力，得益于道姑师傅的情义与非凡的创新能力。"

"你想怎么办？"首长眯着眼看他。

"我想跟着您干农民特种兵，怎么样？"

"今天你来这儿，真如你信里所说，要加入我们民兵师团？要加入在一个破烂摊子建设一个新中国的队伍？"

"真心的。我早想无忧无虑地大干一场，为子孙的幸福，痛痛快快地干他个天翻地覆，干他个昏天黑地！以前打日本鬼子、赶老蒋的仗我没参加，这一场仗更艰巨，是保江山之仗！首长看呢？"

"你那一摊子就交给这俩小子？不切实际嘛！你呀，是揣着真理来我这抢人来了。"

"首长，我想见证自己是一名开天辟地的战士，在您面前班门弄斧？

我是站在您胸中的格局看的好不好。这场战斗就是一部史诗，创业的史诗。让中原粮仓饱满，没有比这更幸福的感受！我甘愿作为农民特种兵跟着您。您说呢？"

"你小子将我军？嘿嘿，我的农民特种兵小分队是工程的尖兵、宣传兵、播种兵、工作兵！"

"首长，我明白，一切为了农业，一切为了粮食，我们的老人、妇女、孩子都上工地。他们被我考核过后，更适合去隐秘战场保卫胜利果实。"

话没说完，总指挥长憋了很久的笑爆发："你以为呢？我舍不得？老糊涂了？拿你换？以为我不舍得？"

"真的？您同意了？太好啦！"

学禹摸了摸怀里写给哥哥的信，把它放入小铁箱，她想记录两个建设工程的战友的轨迹，盼望战斗打响！

第三乐章　爱的传递是一种永生

　　在新中国建设初期，在破烂不堪的摊子上建设，让爱的灵魂升华，传递给黑土地母亲的子孙。

》 襄丹线上的恶战

　　襄丹铁路是从襄阳到丹江口水库的专用线，它是建设丹江口水库的生命线。小民兵在此初露身手。

　　"今天是个好日子！儿子。"春花习惯地对儿子讲。

　　她在整理岳天亮鼓鼓的小书包，这书包里是天亮全部的宝贝，各种小石头、小木头、弹弓，他喜欢拿弹弓弹射院子里的大公鸡，大公鸡见了他就乱飞。

　　"打坏人！"天亮大声喊着。

　　黎明，春花领着九个小民兵战士整装待发，他们的精神饱满，红领巾鲜艳，站在随县小学操场上集合，然后行军经过枣阳，往襄阳土方工地而去。

微弱的晨光一点一点将黑暗拉开，渐渐的，金色洒落在白茫茫的大地，那一排被雪覆盖的松树披上粉色阳光，变得温婉柔嫩，像少女肩上披着的轻盈纱巾，在晨光中飘荡。

　　春花欣喜地说："儿子你看，这是妈妈最喜爱的淡桃色。"

　　晨光照着小天亮，那双极像春花的眼睛，璀璨动人，比宝石还亮。

　　春花是领队、是母亲、是女民兵，各种情感纠葛一起涌上心头。

　　她说："小民兵们！我提一个问题，你们想想再举手回答我。在誓师大会上，印象最深的是哪一句话，或者是哪一件事？"

　　一个小民兵举手说："我读四年级，第一次听到首长说'为什么能战斗？'这是啥意思？想破脑袋也没弄明白。"

　　"报告妈妈领队，我知道，要战斗就有死亡。虎子队长告诉我，长征牺牲了好多人。"

　　"报告妈妈，首长说至今都难以忘怀那些牺牲的战士。"

　　一时间，孩子们沉浸在悲伤里。

　　春花看着他们，看着长大的儿子，她要把人生的钥匙交给他们，她对自己说："我从那小村一路走来，感到特别幸福，我选择小小的少年，选择和你们一起成长，谢谢你们，我的孩子们！"

　　赶到襄阳工地的时候，小民兵呆住了。冰雪突然袭击工地，但工地到处可见赤膊上阵的民兵。灯光亮起，层层叠叠，宛如小野花。

　　小民兵的眼睛几乎离不开工地的灯光，离不开那些浑身热气腾腾的"钢铁民兵"。一个叫学禹的姐姐问他们："你看见了什么让你这么喜欢？"

　　"我们老师说过，困难是弹簧，你弱它强，所以叔叔们是火与冰的身体。"

　　"讲得真好，不愧是儿童团团长！你呢？"

　　"我看见了灯光是红色的，那是红色的横幅标语映红的，'为了襄丹线按时通车，我们不怕冰雪寒霜，挖铲运土只等闲，竖起钢绳腾龙浪，冻土走筐雪也暖'，空中架起往返二道钢索，半空飞往装满土的筐，我瞧见

那土垂头丧气了！"

"我听见了！喇叭里有一个声音！"小岳天亮喊，"他说欢迎小民兵儿童团！欢迎祖国的花朵，我喜欢这声音！"

一个小民兵说："哇！吼声好响，雪吓得尿裤子啦！"

哈哈哈……

那位拿喇叭筒的人看到天亮，便抱起他扛在肩上，然后让孩子们看钢索横越工地。

天亮抱住这个人的头，兴奋地问："叔叔，刚刚你说起土和卸土是怎么回事？"

"你几岁？也是小民兵？真棒！你看，钢索两头配了摇手滑轮，两根钢索一根运土一根放空筐，中间 100 米的路段，孩子你看！"

天亮看得目不转睛，半空中来往的筐飞来飞去，他的小脑袋一会儿看看工人挖土甩筐，一会儿看工人用石碾夯土。

叔叔告诉他，然后还要铺石，再铺轨。

天亮舍不得这个宽阔温暖力量的肩膀，他让叔叔蹲下来，仔细看他的脸，是他梦见无数次的爸爸的脸，说："我梦中的爸爸是你吗？"

男人用未刮胡子的嘴巴啄了天亮的小脸蛋，说："我做你的爸爸，你自己的爸爸呢？你妈妈会不会打你？你想喊我爸爸，悄悄喊几声吧！"

随即小民兵的任务开始。红领巾儿童团团长给大家读了一封信，学禹觉得小儿童团长的声音像潺潺溪水，清澈地从人们的心底穿过，涤荡了所有艰难的施工时光。

亲爱的妈妈，我很想很想你，我姓李，叫作念念。奶奶说，念念啊，小时候你天天喊妈妈，可是妈妈在哪儿呢？可是奶奶又告诉我，天天念妈妈，念着念着，妈妈就会被我念回家。

我信奶奶的话，因为春花妈妈也说过，一个人，只要心中一直在想念，就一定会念到。我念你，一直都在念叨着妈妈，妈妈快回家吧！

妈妈呀，我要告诉你，从前，从山里的家到山外的世界，弯弯曲曲绕好多烂路，就是那样的路，让我失去了妈妈和爸爸。

奶奶说你生下我之后的第二个冬天，爸爸砍柴下山，连柴带人滑下山崖。

当村里人找到爸爸的时候，血肉模糊的爸爸只剩一口气。你哭得很惨，我也吓哭了。

奶奶从你怀里抱过我对你说，别哭了孩子，把我的心都哭碎了，咱们"死马当活马医"，求村里的人帮忙把我儿子送县城求医吧。

在山路上，奶奶跟着她的儿子，你抱着我跟着奶奶，前面的担架吃力地挪动着。

在黑黝险峻的山面前，我们像蚂蚁一样爬行，奶奶和我再也不能跟着爸爸了。

妈妈，你喂了我最后一口奶，恋恋不舍地亲了我许多次，哭泣着把我交给了奶奶，然后再也不敢回头，跟着爸爸的担架离去。

那天，竟是你和我的生离死别。

不久，乡亲们回村，只有担架没有妈妈你。爸爸半路断了气，中间连眼都没有睁开过。乡亲们说把爸抬回村安葬，你万般不舍，背起爸，两眼直直，没有泪水。

妈妈，你让乡亲带话奶奶，"娃的奶奶呀，这前后左右上下都没了路，孩他爸也没了，我就不回头了，妈，你把娃当你儿子养吧。

妈妈，当你收到这封信时，肯定知道时代变了！我也长大了！毛主席派人来，山路点头笑颜开，山开了，外面的世界很精彩！我戴上了红领巾，我还是大队长。

现在我们的家乡要修汉丹铁路，还要修丹江口水库，为大办农业开路。建设新中国，我们少先队也有份，也有使命和担当。

妈妈，看看我吧！奶奶那天沿着送担架的路，送我参加小民兵。

村里给我戴上大红花，我知道，我代表全家爸爸妈妈奶奶，要参加汉丹铁路建设。

我荣幸地成为小民兵少先队儿童团团长。那条浸过妈妈血的山路，现

在被山里人称幸福的彩带呢！

奶奶叮咛我，戴花要戴大红花，听话要听党的话，听党的话把汉丹铁路修好之日，就是妈妈回家之时。

到时候，我带奶奶和妈妈去坐火车，看天安门啊！妈妈，你听见念念的保证吗？

一时间，工地炸锅了！善良的民兵为了孩子唤来母亲，把工地的灯扩大了规模，夯基的地方，硬是建造了一个巨型灯架，宽十丈，高十丈，四面悬挂着鲜红的红领巾，远远望去金光璀璨，宛如夜空的将军点将台。

手拿广播话筒的播音员对岳天亮说："天亮！会唱《小星星之歌》吗？"

天亮拉上春花："叔叔，我们都会唱农民特种兵之歌《大刀向鬼子们的头上砍去》！"话刚落音，就指挥少先队儿童团唱了起来！

近处的春花比台上的春花更美，她想：我有儿子，丈夫呢？

这时，有人喊："厂长！你怎么牵手小小民兵了？还不结婚生一个？"

"你小子乱点鸳鸯谱，人家的爸爸晓得了，小心罚你挑一夜的土！"接着喷出的"号子"声赶跑了笑声。

工地上的热潮一阵接一阵震撼人心。

热情的学禹很敏感，这个美丽的女人眼中有温柔的痛苦。这时有一只小手牵上她，低头一看，是小小民兵天亮，他抬高头想要说话。

学禹蹲下，天亮说："我没有爸爸，梦里的爸爸是他。"

学禹终于知道了春花的故事，她对春花说："春花姐，我是绣女出身，眼睛盯住的全是美。我知道青春躲不过流光逝，欢喜经不起风波忧。这位厂长有一种男子汉气概，善良，天亮喜欢他是孩子的本能直觉，我做媒怎么样？"

春花信任爽朗地说："我眼里的厂长，是天上的星星，我即使再爱他，再值得他欣赏，但是他从天上往下看，不一定会看上我。我同孤独抗争过，同苍白的人性抗争过，同封建迷信去拼搏。我失落、失去，终于活到当家作主的今天，走出旧的桎梏，分享了庆幸、自豪，长了劲，在敏感中俯视了繁华，在挣扎中赢了昨天，有了对明天的期待。"

春花很坚强，但也自感很卑微。学禹想告诉她，不是爱一个人让自己卑微，而是爱让人更有完整的自尊。

如果她无法奉上最好的自己，就只能站直脊背转过身去。

一瞬间寒冷的工地像蒸腾起水汽，那是民兵师团主力队员裸着半身冒着的汗水。

工地清晨，这儿站立八百号人，整齐划一，军容肃穆，一声令下：干！

声音刚落，所有的工具：铲、锹、夯、号子，发出"嚓嚓嚓"的声响刺破长空。

只见一筐又一筐的土和着一句句誓言，抛入路基。

这喊口号的人外号"钢之兵"，是有名的钢铁厂长黄大佑。

钢之兵即玩钢的战士。这个外号是因为他是一线的优秀工人，与他的外号比起来，他的为人正直低调显然更为重要。

《诗》云：桃之夭夭，灼灼其华。之子于归，宜其室家。

说的是仲春时节，草长莺飞，桃红柳绿，姹紫嫣红开遍，春的气息最为浓郁，正是宜嫁宜娶的大好时节。

不过这个时候的襄阳全城，最美的风景不是满地春色，更不是新人佳妇，而是为按时通车全城人动、热火朝天的襄阳工地。

但是，春花和大佑的恋爱还是为工地添加了喜悦。

学禹了解黄大佑喜读春秋战国时期打仗的历史，因此不管是当厂长还是来工地，他总是以"军不以勇为善，以令为本，成行令禁止，以士为承，成阵势规正，以教为则，成军心熔铸"要求部下。此刻，看着阵地，又看向阵地上的兵，黄大佑抬起头，高高地望向天空。

李念念给母亲的信，让黄大佑的眼神犀利得很。他认为没人会当他们是什么英雄，即使他们干着英雄才会做的事，生当以为人民的事业为重，前面的路再荆棘密布，也要为完成襄阳段通车而牺牲一切，包括生命。

此刻，小民兵怀着深深的崇敬，自觉干起来。天亮离开队伍到黄大佑身边问："叔叔，我可以做英雄吗？"

黄大佑低下头看这个小家伙，他耐心告诉天亮："团结的工人阶级有力量，英雄都是把自己活成了一束光，包括一个叫王小二的普通的放羊的孩子，把鬼子带入地雷阵，消灭了许多鬼子，牺牲了自己，他是英雄。但时代变迁，我们今天打的仗是艰苦奋斗修铁路，我们也有机会获得英雄的称号，只要干下去，也可以是无名英雄。"

天亮的小心脏暖乎乎的，仿佛有某种爸爸的期盼，他结巴地说："我会读书，小学生一年级的书我都会读，我还是小民兵，还执行三大纪律八项注意。"

黄大佑打心眼里希望将来自己的儿子会与眼前的天亮一模一样，他耐心地听天亮讲话。

"我们经过枣阳赵爷爷的家，爷爷搬出我最喜欢吃的蜜枣，很香很甜看着就想吃。赵爷爷看到我们都不吃，叹了一口气，就塞给我一荷包。我一个也没吃，离开的时候，悄悄掏出枣放在桌子上。欧阳厅长说这是考验我们的意志。这是英雄吗？"

看着这可爱的孩子，黄大佑的心理防线终于被撕开，他想起昨晚上学禹找自己说的话。

学禹挺对黄大佑的个性。她说，春花成全了亡人之托、青梅竹马之恋，在旧社会受尽屈辱。现在她和她儿子正努力建设新中国，这难道不值得被尊重、被爱吗？

黄大佑睁眼到凌晨，摸着心对空中说：天亮喊自己爸爸，是第一次喊这两个字吧？自己像有了孩子一样！春花她有情有义，是个不可多得的好女人啊！

黄大佑决定了，襄丹线通车那天娶媳妇要儿子！

这一天，襄丹线胜利竣工，黄大佑把天亮举到天上。天亮长这么大，从没想到梦想爸爸成真！

春天的襄阳城，让建设铁路的生活都带上几分帅气和俏皮，令人感动这座城市到处都洋溢青春活力气息。

钢铁厂的一间宿舍改为黄大佑的新房，里面坐着紫荷、菊花、冬梅，作为娘家的来人，这个阵容太强大了。

而作为钢铁厂的男方阵营也不甘示弱，帅气的工人高唱《咱们工人有力量》的厂歌。

总之两大阵营是你方唱罢我登场，彼此谁都不输一点气势。

有人发话："厂长，你是不是该亲一口新娘哇？"

"你小子报复我，平日管多你了？"

"师傅哇，结婚三天无大小，亲一口，亲一口。"

"不就是亲一口吗？"说完，黄大佑根本不在意旁人，抱着春花就亲了一口，他发现春花比画上的人好看百倍，她的嘴柔柔软软香香甜甜的，忍不住笑着又亲一口。

这一下子，把闹的人看呆了。

黄大佑牵手春花告诉徒弟们："没有时间谈恋爱，亲一口就是谈，你们要不在这儿，我俩会亲吻不放，沉浸于爱情，这就是我对爱人的爱。爱情太美了，你们也看够了，撤吧！"

其实，厂里的小伙子们早盯上菊花和冬梅了，只是他们不知道怎样水底捞月。

真正的洞房之夜，让春花忐忑。

她的心沉重起来，有些慌张，有些无措仓皇，她想逃离，原来她是有幸福渴望的，她想为这个男人做饭洗衣，晚上像猫咪一样躲在他的怀抱，想为他生儿育女。她见丈夫眼睛那么清澈，一会儿又微笑，像池塘中摇荡的月亮。也许他像所有人那样看自己，他为的是对天亮的那份善良，那么他太不容易了。也许有一天，他会离开这让他娶自己的灾难，走到很远很远的地方，远到无法触及，只能在梦里出现？

突然，春花的心紧缩成一团乱如麻、如糨糊，她几乎崩溃了。

"在想什么？想我抱你？一辈子还长，春宵苦短日已高起，洗洗去参加通车典礼大会，今晚咱小两口接着聊恋爱，聊着聊着就睡一起了，心里就没阴影了，就该婚了！来，亲一口！"黄大佑笑嘻嘻的，哪像厂长的样？

» 心动是可遇不可求的美丽

有些东西，连神也无法控制，这就是心动。

可是襄阳全城的人民为了石头心动，心动是如此美好！

"碎石告急！"这是铺轨的急救声！全城倾城出动到襄河沙滩索石，日夜兼程！

天蒙蒙亮，江铃拖着疲惫的身体从沙滩回到学校，她是小学的音乐老师兼大队辅导员，白天是要教课的。

校门口一个年轻人问："咋这晚才回来？"

"我没干好。"江铃的心情明显不好。她拼尽力气，但没达到预期效果。

这个年轻人是农民特种兵金诚的部下。

江铃说道："人有时候，宁愿相信内心的执念，也不愿相信眼睛看到的事实啊！你们金诚就是这么一个人。"

江铃白天上课，是在夜晚来参加战斗的。江铃戴着手套，手套里是一双弹钢琴的手。可是一个小学的音乐老师想要加入特种兵。这双手怎么保护？

江铃清扬的声音喊："金诚队长！"

金诚心里微微一动，有似曾相识的感觉，他看见灯火阑珊处的江铃，穿着洗得发白的棉罩衣恰到好处地裹着一件棉袄，棉袄也难罩住她匀称柔弱的外表。

他和江铃曾参加业余唱歌比赛，她的歌喉与名字，如同风铃悠扬，凡听到这别有味道的歌声的人，就会记得她的歌喉和名字。

金诚忽然有一种冲动，抬头有点生疏地问："干啥？"

随之看到江铃的一双手，这双手细腻纤长还饱满，这是一双弹钢琴多年的手，被保护得那么灵润娇气，可她却说出"我要当特种兵"六个字。

"没时间跟你开玩笑！"金诚粗黑的眉毛皱得老高，他无意露出的嘴巴表示的不屑，深深刺伤着江铃和她的倔强。

"别走，"江铃伸手拦住金诚，"难道你不想让我体验一下奋不顾身的生命的节奏吗？"

　　"我没时间跟你解释，江铃老师。"

　　"请问，你建设汉丹铁路的初衷是什么？"

　　"江老师，别偷换概念。你本来的情况连你的那些学生也不如，我指的是你的体力和耐力，对了，还有你这一双需要戴手套的手。给你一点建议，不用被动地接受别人的安排与施舍，不必非要掏鹅卵石，应该还有其他方式。"

　　金诚从来都没用这种说话的语气，难道他们真的有什么不堪的过往？

　　江铃想，就算是情不自禁钟情于他，那就不应该留下来吗？如果是情不自禁，不就是河水理所当然流向大海一样吗？有些事情就是这样，握住石头，它会唱歌给人坚强，握住他的手，也握住了自己的一生。

　　于是，金诚听到最任性的反驳，"我想你预料的结果，距离你要看到的那一天还有不短的路，但是我相信你会对我刮目相看，因为我终有一日会实现我的愿望。"

　　"凭什么？"金诚终于停下脚步面对江铃。

　　江铃露出自信的笑容："你的意思是弹钢琴玩音乐的人没有资格和实力？你完全大错！弹钢琴是器乐里第二吃苦的事情，学习弹钢琴的苦你体验过吗？好像你没体验过，否则音乐比赛不至于被淘汰。"江铃的柔和披上犀利的刺，她变了一种方式，伸出带刺的"仙人掌"。

　　金诚哈哈大笑，"你的意思是你们学钢琴的体验过世界上吃苦的事就可以玩石头？有点儿好笑吧？我不怕激将之法！我一堆的事，用你音乐的耳朵听，'碎石告急'！襄丹段要铺轨、要碎石！这个声音比你弹钢琴的声音有力多了，充满了对我们的挑战。"

　　江铃咬住嘴唇，弹钢琴人的反应能力惊人："好像有个声音，对！是时代的声音，去参加去感受这个伟大的历史使命吧！与令人心动的石头唱一首生命之歌！"

　　金诚又笑了，勾起嘴角："我懂得珍惜音乐语言，时代的节奏是贝多

芬的生命交响曲，而不是小阳雀的声音。在建设的大环境中，没有劳动能力没有力量，你怎能参加农民特种兵部队呢？江老师，你的固执让我不得不说，不让你掏鹅卵石是保护你的这双手，并非人人都有这样的手。如果不满足，咱们定一个条件。"

江铃看着金诚与说："什么条件？"

"你想加入特种兵，不能仅仅心里装着石头，特种兵都是经过淬火的尖兵主，不是一个人，是一个坚韧不拔、吃苦耐劳的特殊农民民兵和组织。你坚持的精神令人感动，安排你从体能训练开始吧。去沙滩挑鹅卵石，只要能坚持三天。是骡子是马试试！"

"你老爹有一句家教叫'一诺千金'，假如三天之后你不认账，我罚你！"

"罚啥？罚以身相许？"

金诚口不择言，以为江铃会脸红。

哪知道江铃在心里说：我坚持了365天见到你，我用三天让你以身相许。

金诚暗想，傻姑娘！让你为了学生保护手，但愿你知难而退。

这事传到了总指挥部首长的耳朵里。

首长对光明说："江老师要挖石头，他们也在猜想是金诚会赢吧？"

此刻光明却说："爱情的力量是很可怕的。有了爱，恐怕连金刚钻也没它硬。但是这位了不起的江铃，她与金诚的信念目标完全一致，是为铺轨的石头。金诚会心悦诚服把自己赔给她。"

天空的云缝中，一丝丝夕阳钻出来，从窗外照进办公室，照得指挥部暖暖的。

江铃就像一把火，拼命燃烧自己。她用自己的爱写了一首歌，令老人、红领巾、娃娃在天寒地冻中看到希望。

沙滩上的学生首先在唱：水中映出小娃娃，沙滩埋着石头娃，会唱歌的石头娃，躲着抠石头的小娃娃，你是我的石头娃，你是我的石头娃，小娃娃踩着沙滩抠出会唱歌的石头娃，鹅卵石小娃娃，分不清是小娃娃还是会唱歌的石头娃。

　　天快亮的时候，一个三岁的小男孩冻得出血的手高举一块鹅卵石喊："爷爷，你看，我剜到一颗了。"这带血的石头就装在了江铃的担子里，石头怜惜地看着江铃，她用柔弱的肩膀倔强地担起筐子，走在近一里的沙滩上。

　　接下来，她经过了一段湿沙，最后将石头倒入路边的小推车里。想来它们会很快运去襄阳工地施工现场了吧？

　　第二天天快黑的时候，有一个娃娃送来一封信给江铃，只有一句话：晚上在襄河边见，有要事。信纸上没落款，不过是那家伙的笔迹没错。今天夜间最低气温零下十几度，金诚劝阻老人孩子不要来沙滩抠石头，可是江铃知道他们不会听的。金诚是担心她吗？还是担心"献身"的大话？江铃看到信终于放下心来，嘴角不自觉勾起一抹与金诚一样的笑意，他有什么要事？无非是劝阻自己不要再赌下去罢了。

　　但无论如何，挑战照赢，赴约也要。等了许久不见对方，江铃将自己的筐浸没在水中，让那些卵石更快装筐。

　　今夜是她应该调动全身力量最强大的时候。此刻娃娃们在老人的带领下抠石头，他们就是让她心动的坚强的小石头。

　　江铃十分自信，3岁学线谱，3岁半上琴，每天在琴上练3个小时，后来增加到6个小时。

　　她心里有个华丽的梦，想成为钢琴演奏家。虽然梦想没实现，但她的学琴过程练成她吃苦耐劳的精神。

　　特别是给参加音乐比赛的人伴奏那会儿，她发现那个内心充满力量的金诚，把他与保尔·柯察金内心的强大气场画等号，不同的是金诚一身的阳光、坚硬的男子汉气息，唱歌的尽兴。

　　他跟着广播学唱《革命人永远年轻》，让江铃看到了五岭山脉，九头鸟的热情。尽管金诚与她讲话毫不留情面，她就是觉得他像梅树，枝干遒劲，傲骨凛冽。

　　她不愿在钢琴旁平平凡凡、小鸟依人般过一辈子，最不想像母亲说的

一辈子像鞋上沾的泥。她要走进金诚的那个世界，就是必须融入革命的大建设之中。

火红的日子，给她了机会，碎石告急的战斗给她了成长的机遇。

令人喜爱又伤脑的小尖石子，刺进过她的脚板心，小鹅卵石，隔着棉袄磨得她的肩被血染红。一个红领巾要让篮筐减肥瘦身，江铃说："那带血的石头多难过？那上面是小娃娃的心！"

这个柔弱的老师，与全城所有的机关干部、居民、老人、小孩一样，用最原始的工具——赤裸裸的手，支援铁路建设。

首长对她说："老师，保护好你的双手，它们是拿来歌颂爱与美的，是用来歌颂伟大的人民的，保护好啊！"

康德的一句话涌上江铃的喉头："有两种事物，我们愈是沉思，愈感到它们的崇高和神圣，愈真诚愈增加敬佩与信仰。这就是头上的星空和心中的道德。"

是的，为了人民幸福与家国强大的使命，江铃从自己的角度，对《命运交响曲》有了一种崭新的解释。

学禹吻了会唱歌的小石头，这温柔的触感拨动着小石头的每一根神经，如淡淡的从最柔软的玫瑰花瓣里弹出的声音，小石头告别学禹："你去七里崖吧！仙人渡的石山，那儿的石头也唱歌，不过是气势凶猛的战歌，严厉冷酷如迎面泼出的一桶冰水。"

» 碎石告急！

五千年前，七里崖将自己搬到仙人渡的母亲河边。

石山被清光了树和草，极少有谁来打搅它了。

石山光秃，可肚子里藏着什么宝贝还真难说，谁也难以挖动它一下。

险峻陡峭异常的七里崖，吮吸着母亲河的乳汁，向着天穹长，越来越高，越来越壮，如白云般悠悠自得。

　　这石山也唱歌，不管春夏秋冬，歌声就像一张无边无际的网，谁走入这网，都无法动弹。

　　学禹感觉七里崖虎口拔牙之战的队伍中，会寻到哥哥的声音。她梦中爱唱歌的小石头，像水生哥哥在吻她，像月光里灵动的红鱼在吻悄悄绽放的睡莲。

　　虎口拔牙之战，总指挥长要调农民特种兵为尖兵参战。这一仗太危险。

　　光明和启娃出现在一家石匠所在的村子，又突然风尘仆仆地往七里崖而去，比起夜晚襄河沙滩的热闹，只有他们两人像救火似的急。

　　山里有光明和启娃的回声，"你怎么能与娇娇结婚？"这是光明的声音。

　　启娃被他问得莫名其妙，终于忍不住爆了："光明，闭上你那张不讲道理的嘴！"

　　光明是启娃最亲的战友，最钦佩的兄弟，光明是首长的秘书。

　　启娃想，究竟是谁打破了他一贯的冷静？不应该是娇娇吧？

　　他不想猜。娇娇的样子似乎完全被笼罩在他的心灵中，毫无保留地展现了一种神圣之美，仿佛让他进入了悠远绵长的快乐童年时光。

　　启娃终有愤慨："你，又提我新婚妻子的名字，我决定与你比试一番，我打赌你输得只剩裤衩！"

　　光明本来被弄得失去了理智，有些失落，恼火地说："怎么比？"

　　"上七里崖！"

　　"知道你的攀崖能力比虎子兄弟略胜一筹，我魏光明也不是开玩笑长大的！上就上，难道哪个是炭圆铺里黑大的！"

　　"是，谁都不是炭圆铺里黑大的！"

　　此刻，娇娇只是个导火线，真正的还是有比试一番的心思，各人心里的小九九是七里崖的石头闹的火。

　　二个人都拿着绳子，向上张望，他们在思考如何用自己的力量和简易的工具攀上山。

石山几十丈的高峰，迎来农民特种兵的侦察。

他们要考验自己的判断能力、应变能力以及克服恐惧的信心。

这七里崖太陌生了。他们在大洪山练习过攀崖岩，那时只需要将绳子在手臂上紧紧绕三圈，找到岩壁的结构与特点，选择一条最好的路径就能攀爬，可以轻松腾、挪、跳、跃，如壁虎似苍鹰，倾刻的功夫便能轻松地爬到岩中央。

但是这一次，启娃想低声吐出了一句诺言："只要我活着，就不能让任何危险伤到战友。也不会让危险伤到光明。"

光明只听到前一句，说："那么说来，我们就是同盟了？"

光明的眼神灼灼，露出了一丝热切，"想当初，我们十个人可都是好汉，我十分惊讶你的专业功夫比虎子兄弟略强，不简单！"

启娃说："这石山没有一棵树，没见一根草。可是它的腰身粗，可是找不着可以爬上去的途径，如何打桩打炮眼埋炸药点火放炮？"

突然，崖顶处出现老鹰，它在半山腰盘旋，有一种天生的高傲。二人看到它从壁上啄出一条长虫后飞上半空，转翅绕着母亲河岸苍翠欲滴的灌木划过之后，又振翅飞翔。

"岩壁有缝！"二个人在原地作了标记，对那壁缝目测了大概方位。

总算有了收获，打道回村的路上他俩边走边聊娇娇。"你认识娇娇吗？"启娃问。

"认识呀！"光明回答。

"娇娇认识你吗？娇娇叫你什么？"启娃问。

"叫什么名字不能告诉你，她叫我哥哥。"

"我猜你的名字太难听，否则怎么不说出来？"

"你猜不到。回去问娇娇。"光明一笑。

"你叫狗娃！"启娃大声说。

光明不想伤害战友，他掩饰内心深处的痛，他认识的启娃善良、真诚、能干，特别爱娇娇。

娇娇会对启娃好，她会很幸福。想到这，光明真诚地对启娃说："娇娇是个懂得感恩的好姑娘，她是不会随便嫁的，她和你有缘分，我和她只是少年时代相识，她让我认识了外面的世界。好好待我妹妹，否则拳头相见。"

启娃明白战友的情义是真心的，抬头看了看天上的星斗，低下头说："她陪我一程，我念她一生。你们一起经历过的风雨怎能忘记？我会完成我的承诺，好好保护她。"

不等启娃的话讲下去，光明笑了起来，露出洁白整齐的牙齿："至少在这一点上，我们是同盟。我们都是好孩子，不是吗？但我是哥，你是妹夫，喊哥！"

启娃眼酸，跑开了，光明追着。

暮光下，他俩发现前方出现了一条人影。

他俩十分仔细地看着，这身影像飘在半空中，行动敏捷、迅速，像是行云驾雾的仙女。

两人诧异对视，光明再也忍不住问："什么人？"

启娃只是自语："应该是出嫁的新娘！逃婚？"

来不及思索，女人身影悄无声息。

石匠的家在母亲河流经的村庄里，远近都有一种温馨喜庆的味道。

炊烟与红薯的的香味袅袅。

"眼前的石匠家悄悄接了媳妇？"光明判断得很准确。

进到里面，老石匠笑容满面："你们去了七里崖侦察，咋样？有收获没？"随即他喊："丫头，上茶！"

红衣绿裤的年轻女子出现，端着早准备好的茶，还有一小盘红薯熬成的喜糖。

随后走出来一个精气神十足的小伙子。

"正规军人！"他俩赞道。

小伙子名叫小艾，跟启娃差不多高，气场盖过农民特种兵，启娃不注意都不行，太帅了。

旁边的新娘子英姿飒爽，她开口："你管天管地还管拉屎打屁？你以

为是小时候，光欺负我？"这话粗糙了一点，可满身一股子豪情。

光明道："我说这位美女新娘，你看他从七里崖寻你回来还是挺辛苦的，当着你爹的面，至少给新郎点面子吧！"

"面子？你是总指挥长的秘书，农民特种兵的'军师'魏光明吧？我打破习俗嫁过来，是有任务的，为炸山开石而来。你莫不是想把我当小猫小狗吧？妇女能不能顶半边天，我整天跟我爹在山上林子里窜，在山里打豹子都不比男娃差。"

老石匠笑呵呵的，他把媳妇林子当成了闺女，一旁乐着。

新郎十分无奈，心里其实早就乐开了花。

光明想起首长说的话，这场虎口拔牙之战，已经被刻在石匠老少二代人的心上，如同不可阻挡的使命车轮。

光明明白他们的取石方式就是开山炸石。战场在石山的腰间，山石数千年，岩石坚挺，取石作业很危险。

训练攀爬是总指挥长的命令。身为农民特种兵，理应冲锋陷阵在前，迎接石山的挑衅。

小艾是中国人民解放军特种部队的优秀士兵，总指挥借调他 15 天，他们夫妻将培训一批勇士，教会放炮技术的操作，如何找桩、看线、打炮眼，准备打一场硬仗。

林子教练脱下红袄绿裤之后，是一身猎手装束的洒脱，让人羡慕。

声音从山谷传来："小艾，你带 15 个人把绳子搬过去，其他人跟我去后山侧峰。"

15 个民兵在岩壁脚下站定，准备聆听第一步的训练计划。15 个人有尖兵 5 名，启娃光明在这一组，他们在猜测林子教练准备用什么方法训练他们呢？这让大家感觉兴奋。

林子的大眼睛专注认真，她把岩壁从下望到上，又从上看到下，巡视三次指着光滑而陡峭的岩壁说："能徒手攀爬上去的，走出来！"这声音自信威严，一丝不苟。

"徒手？"大家倒吸一口凉气，看到连草都没一根的岩石，怎么可能？他们是尖兵，可以不要命，可咋上？队伍肃静。

　　林子对自己很有信心，从小到大，没有她干不成的事，越艰难越够味，女汉子的心就越能尝到胜利的快乐。

　　此刻，林子让民兵看上面，在离地面七丈多高的地方，在岩壁上有一根突出、带钩子的桩子。

　　这是她和小艾利用山顶的树，攀爬上去吊下绳子打的桩子，"你们想办法把手中的绳端穿过桩子，把另一端交到我手中。"

　　从队伍中走出来启娃，他先仰起头看，仿佛透过眼睛把心投入岩壁那样算计着桩高、桩型，他看得如此专注，似乎瞬间去到了另一个神秘的世界。

　　"看到什么了？"大家用目光询问，不敢打断他的专注。

　　"看到了吗？"林子好奇起来，她本来就对启娃有好印象，他与小艾太像了。

　　"看到了，看见了！"启娃的眼中充满了惊喜。阳光折射过那厚重的褐白色的壁面，晕染开一片一片一圈一圈，似水波的文身，是一条有规律的路。

　　"他是怎么看出来的？"大家问。

　　"你看见交叉点是攀爬点？"林子暗赞指挥长慧眼识英雄。

　　接着，启娃走到岩下，紧握绳索一端，甩绳。只见绳画圈子甩上去，他在借力，这是特种兵部队的基本功。

　　他连甩几次后松开手，绳索如一条银蛇缠上桩，绕过带钩的桩尖的前端，又缓缓地落下来。

　　他成功了！

　　其实，光明和他侦察七里崖半腰石缝中爬出来的蛇，就查到光秃的崖壁上有缝隙，必定有规律。

　　只是，他和光明可以成功，不等于其他队员也可以用这种方法将绳索

抛上去。

这时候，林子看到光明从口袋里掏出他早准备的一颗鹅卵石，用绳子捆起石头，捆得严严实实，像结的蚕茧。

只见他用力一抛，石头轻巧地绕过桩子后落下。

"不错！"林子不吝赞美大声喊道。她心里乐开了花，"咱农民特种兵是有智谋的民兵，你们是地方培养，军队训练选拔的好兵！"

紧接着，林子让一人把绳索一端绑在腰间，在岩下作好准备，将另一绳另一端交给下面等待的民兵，"我上去了，不需要你们太用力拉我，如果不小心滑下山，你们只要拉紧腰上一边的绳子保护。"

她再三强调了安全操作程序，告诫大家这是为攀岩打桩的人保驾护航的必需措施。

小艾训练的内容特色鲜明，练习韧性和引体向上的臂力。虎子兄弟非常清楚，这都是解决在光秃的七里崖壁上攀岩打桩的基础。他们谦虚低调，不以童子功自傲，带头服从各项训练。

小艾看中一条结实的蔓藤，他让冬生出列，紧紧抓住藤，慢慢弯曲手肘，将身体向上拉到下巴超过树枝高度，再伸直手臂降低身体，回到开始的位置，就算完成一次动作。

一旁的小艾暗暗赞叹，经过训练的冬生做出来的动作很标准，而且示范给其他 10 个人看，训练进度显然快了不少。

小艾规定 60 个这样的拉伸练习为一组，规定做 6 组，这样的训练量非常大。

当 15 个人都练得快趴下来的时候，他哑然失笑："你们还当真了？一天只练 6 组？最后一个挤进来的，你这细的脖子，怎么受得了下面的训练，还不累垮了？不如撤了？"

那小伙子浑身是力量，看了小艾一眼，"哼"了一声，脸色瞬间阴沉了下去。

小艾知道这个小伙子生气了，说："下面开始柔道练习，就是韧带练习的第一项劈叉。这项练习参加者 10 人，而尖兵 5 个人必须完成训练！"

他看看小伙子，"你万一坚持不了可以休息。"

小伙子冷哼一声："放心！"

训练一开场，小艾的声音冷酷而无情："腿前后分开，重心向下，向下，继续向下，手撑到地上，上身不许弯，腰背伸直，继续往下，往下，身体直立，双手向下压！"

特种兵们脸色惨白，还没想明白，听见小艾说："两腿分开成一条线坐在地上，这个动作才合格。"

接着，他搬起自己一条腿抬至头顶，劈叉，用最慢的速度下降，然后双腿呈一字形劈开，一个完美的劈叉。

小艾深厚的功底激发了农民特种兵。

虎子兄弟说："我们在训练场上，教官告诉过我们，为天地立心，为生民立命，为万世开太平。就是这一句话，我们全体咬牙坚持也要完成各项训练。"

他们轻轻呼出一口气，两条腿张开，舒展开漂亮的一字。

"哇……"小艾看呆住了，脱口而出，"你们可以进我们部队！虎口拔牙，勇士们，五天，每个人都会交换训练项目，我们必须完成各项训练要求。五天不能完成，由完成的人一对一示范教授！"

五日转瞬即逝，这些民兵披星戴月地训练，每天都在进步。

临时工棚里，水生在教大家下五子棋，五子棋是机灵古怪的水生的拿手活，连总指挥长也是他的徒弟。

光明听见围观的人发出了一声惊呼："还是晚走一步。"

水生抬头向光明挤眼，他看到兄弟们眼中满是炽热。

光明走出工棚，睁大眼睛看着眼前的夜景。月光照着林子和小艾这一对新婚夫妻，围绕他俩的树木，竟然也隐隐发光发亮。

光明要第一个上崖，他是一人吃饱全家不饿的农民特种兵，如果有危险，他必须是第一个"吃螃蟹的人"。

面前的风景，让他心中泛起涟漪，娇娇有趣优雅的灵魂在月光中飞舞，她好像对他说："狗娃哥，帮我看住启娃。"

日子如流水，越接近模拟考试，大家的神经越紧张。

那是第十三天，在这座酷似七里崖的岩壁侧峰五里之外的一片树林里，30个人伏在其间俯卧撑，只有教官小艾发出的报数声，"170……180，还差20，坚持！第一组坚持！"

他们必须完成500个。

小石头没有在指定时间完成训练，大家的心情沉闷，小石头脸上的笑容消失了，眼里的光亮也迅速黯淡下来，隐约可见泪珠。

小石头知道自己出局，他红着眼："我可不可以参加第十五日那天的模拟战？作个后补也成。"

小艾不能允许破坏纪律，不过他同意在训练结束之前小石头可以留在队伍中参加训练。这是最好的安慰。

林子教官暗中观察，她十分肯定他们的自觉与坚持。

她的心只停顿一下，便对屏声静气等待命令的民兵发出指令："训练开始！"

30条汉子如猛虎下山，列出训练队形，快速冲向岩壁，如猎人猎杀野狼那般快捷，只见岩壁上的人如壁虎，动作流畅。

"掉下来的人，给我排后面！不要妨碍身后的人登顶！加快！快！动作太慢！谁在打瞌睡啊？"

小艾看着这女人花，这是他宠着爱着的女汉子，上得厅堂下得厨房的妻。他看到小石头在努力攀爬，想到自己当初参加特种兵部队也才18岁，吃了不少苦头才赢得比武的机会。

归队之前小艾把小石头正式交给林子："他能参加战斗！15天的训练，小石头的专业知识、体能都得到了长足的进步！30个勇士，每个人都会有自己的位置，一个都不能少！"

第十五天，实战演练拉开战幕。

天空阴云密布，似乎想给战士一个下马威。

炸石的"丘井阵"是光明提出的一个古为今用的炸山取石法。

训练的目标是在完全裸露的虎口上按"丘井阵"凿石打孔埋药。

训练开始就凭空出现一朵乌黑的云，一路拖沓逶迤，最后停在了演战的岩壁上。

乌云笼罩，天气变暗，倾盆大雨哗啦啦地吼着落到这岩壁上。勇士们通通都淋成了落汤鸡！演练还继续吗？

林子此时大吼一声："攀岩全部换成尖兵，三人一组，分九组模拟打桩！"

30个勇士分成九组，剩下光明和启娃。岩壁上的勇士凭借双手和简陋的装备奋力往上，十分危险。

"启娃立即上岩！"林子厉声下令，"加快！东面这个穴是五阵的定穴！"

就在这时，水生从岩壁坠落，幸好被两个民兵拉住。他睁开双眼时只觉得全身酸痛，头痛欲裂，像当年讨饭与狗争狗粮时，被狗的主人打了一闷棍那样。他心里清楚，这是攀岩打穴体力透支造成的，得赶快恢复。他发现规划必须调整，凿穴需要针对岩石的纹理，采取应对措施。"可以用刚刚发明的半自动打钎机，让虎子兄弟取来就可以解决大问题了。"水生高兴地叫道。

兴奋的水生冷不防被光明扔到地上，"哎呀"一声，头重脚轻地栽了下去。就在脸几乎要撞到地面的一刹那，眼前影子一闪，将他扶住。

"艾教官？"他下意识惊喜地呼喊。然而回头一看，看到的是林子教官。反正都是教官，他自我安慰地笑了。

"你本来很聪明，但是'聪明反被聪明误'！"

"哦？"

"找个电话让人送过来不是更简单？"

此时，春华和秋生出现在她眼前："林子教官，我俩侦察到山上有一

个洞，想请您和队友去山洞烤一下湿透了的衣服，在那等待打钎机的虎子兄弟，好不好？"

秋生家的枣，金诚家红薯熬的糖，山里的野板栗，烤干的衣服，那么多的兄弟宠着她，林子几乎有流泪的感动！

民兵们的眼睛都闪着光芒，"等到机器后，您真的打算重新开始吗？我们真的可以在虎口拔牙，一次完成60万方的石头吗？"

小石头追加一句："是会唱歌的小石头！"

林子说："叫我一声姐姐，我就教你学会变魔术，让石头会唱歌。"

小石头高兴喊"姐姐"，山洞深处都是回声。

启娃在一边默默地看着这一切，脸上露出灿烂的笑容。

虎子兄弟到了，外面的阳光出来了，虎口拔牙之仗，骤然到了眼前。

» 七里崖虎口拔牙

1958年12月，农民特种兵部队。

一切如设计，如此合拍顺利，只有水生的心在那里颤动，这预感越来越强烈不安。

他决定从头抒起。最开始是启娃对水生说："我从来不会相信一个姑娘家家的，咋能有那种犀利透明的眼神？那么坚强的意志？那样坚忍强悍的性格？难道她猎的都是虎狼？甚至野猪、豹子？我想做主打的任务，就是在蛇穴上打第一个桩，我怎么能作为一个男子汉特种兵战士说服她和虎子兄弟与其他战友，让自己上呢？"

水生最理解启娃的英雄情怀，他沉着冷静稳重，他对战友的情义，正是他心灵深处的魄力。

看着自己的兄弟，水生的心已经被启娃带进了幻想。

水生记得启娃的媳妇是水生近乎完美地捡到的。缘分竟然那么奇妙，而你永远不知道，就是那个人、那件事，会影响你的一生。

　　娇娇遇见媒人水生，她的命运被改变了，他们的相遇还得从马厩说起。

　　那一刻，她坐在由马厩改成市中心花坛的阶梯上。"喂，别压倒后面的花！"

　　娇娇惊慌站在原地，朝后一望，见到水生，莫名笑了。

　　在跋涉中，她总结到一个经验：你是谁，就会遇见谁。

　　水生问她："你认识这莲花吗？"

　　"嗯，这是并蒂莲。"

　　"你真知道哇！"

　　"你问我？问对人了。"

　　"那你知道并蒂莲吗？"

　　"我知道它叫并蒂莲。你看它叶子大而圆，花有粉红和白色两种，种子是包在倒圆锥形的花托内。"

　　"这个中间的一盆花，你知道它姓什么叫什么？"

　　"芍药十八居士，很珍贵的。"

　　"你能告诉我莲花绣是什么？出自何人之手？这人活在当下吗？"

　　"莲花绣，顾名思义就是绣莲花，有两个含意，其一是绣的只是莲花，其二是绣莲花的人必定是一个出污泥不染的冰清玉洁之人。"

　　"解释得好。我叫胡水生，告诉你，莲花绣是一个丈夫替绣莲花妻子的绣品取的名字。请问你叫什么名字？十分唐突，我找人十几年，不知道妹妹长啥样，才问你的。"

　　水生听娇娇对莲花的解释之后，知道这姑娘不是他寻觅之人，他猜这姑娘有难事，便问："有什么可以帮忙的吗？说来听听。"

　　娇娇简单介绍她寻狗娃之后，水生忽然蹦出一句"同是天涯沦落人相逢何必曾相识"。

娇娇大方得体说："我们结伙一起寻人吧！我可以女扮男装，我过五关斩六将而来，识得你也是缘。"她看得出眼前这个人是一个光明磊落有担当的汉子。

水生看到娇娇谦恭有礼，智慧有余，他心里有个想法，给启娃找个媳妇，他俩般配。水生不知道的是，娇娇没有说狗娃叫光明。

水生越了解娇娇，越来越将娇娇当作了妹妹，他要将那个似苦瓜的启娃托给智慧美貌的娇娇。启娃和娇娇的人生，在黑色肥沃的土壤里牵手。

临战前的启娃，回忆着过去。

1940 年冬。

启娃家是水生乞讨的第一家。

启娃端着香浓可口的地米菜玉米糊糊送到水生面前，"我熬的，试试好不好喝？你的眼睛咋流水啦？快喝！我早起熬的，一会儿就要下池塘。"

"咋啦？启娃！"

"娘，没咋！是个娃娃，眼里在流水！"

"领进来！变天了。"

启娃的家很温暖，他的娘肚子很大，站起身来很不方便。一张矮饭桌放着几个碗。水生数了数，桌子底下一个娃，黑乎乎的小手在抓一个英俊的乡下男人的脚心，两个人嘻嘻哈哈笑不停；另外两个长得很像，眼睛都乌黑发亮，像他们的娘，嘿，龙凤胎，四五岁的样子。

启娃的娘对水生说："来，给你把头发剪短，那虱子长一头，你娘见了不哭？"

启娃的爹说："水生和启娃都是好娃。我的启娃几岁就跟我下地整田，陪娘洗菜熬粥，喂弟弟，管弟妹，我家有了这个老大，他娘轻松多了。"

这边，水生的头发剪了，孩子们在头发里掐虱子玩。

启娃拿出补好的棉袄递给水生："我的给你穿正好。我得先下地了，娘要生了，婆婆说是双胞胎，爹，你咋要这多娃呢？"

启娃爹笑着说："赶明儿你娶媳妇儿就晓得了！"拿起鞋做出想打他的样子。

水生看到启娃拖着比他高的锄头笑着飞跑，想帮启娃。他家的薄田有意思，一大块石头砸了一个坑把坑边地分成一个小池塘和几分湿地。湿地只能种高粱，池塘被启娃聪明能干的爹种水稻、种藕、养鱼，一年四季靠野菜、树花拌玉米糊糊过日子。自从鬼子打到武汉，人人惊恐，日子更不好过。

第二天，水生听到启家村被洗劫一空，跑去一看，启娃家除了他在地里干活逃过一劫，其他人全被日本鬼子杀害。

启娃永远忘不掉，那新婚第一天，他怯生生地透过厨房的窗户看娇娇，她像古代神话故事里的那个"田螺姑娘"，围上围裙，拎起锅铲，脸被灶里的火光映得红红的，像红透了的苹果，眼睛紧张地盯着锅，专注而认真，如两粒墨色的珍珠，美得让他挪不开眼。

想到这儿，启娃的灵魂也一下子飞回来，他暗暗发誓，将来会把这些日子的思念全部收藏，然后像新婚的第一夜，像爹娘那样，造一个双胞胎出来。

上七里崖最后的一个夜晚，启娃心里念着娇娇送行的时候，送给他写的诗：一样的明月，一样的心，隔着云的星光，只在我的梦里挂起。我和你，我的丈夫，把新婚的甜蜜全部收藏，等待天穹中飞翔的亲人传来的祝福，我俩向夜空要回你们的爱放入收藏的宝盒。今后漫长的日子里，总有一天你们会收获宝盒，打开看看，那里面全是我们非凡的爱、热烈和温柔。

1958 年 12 月 10 日凌晨，凌乱不堪的雨声送走启娃的梦，虎口拔牙的战斗开始了。

这天的天气变幻无常，启娃和水生不再说话，在攀登悬崖绝壁前，启娃拍了一下光明，"二件事。我比你优秀一点点的地方，就是攀岩，所以

我在前；二是雄黄粉必须放我这里。等我打好桩，打钎机你使用。我俩以战士的名义击掌！"

光明沉默着，脸色冷峻，并没有开口应允。

启娃微微皱眉，"难道你没承认过我比虎子兄弟在攀登上略胜一点吗？"

光明倒吸一口气，不甘示弱。

林子仰望岩壁决定，"听启娃的！"

七里崖终于迎来了先头部队，它扯起嗓子和着雨吼叫！这是猖狂的挑战！

启娃锁住内心的风暴，开始倾听，等待自己的灵魂从小小的茧中飞出。

他相信，人与自然是有默契的，他一定会打开禁锢的石门，尽管那是一片看似无缝的岩壁，他相信自己的灵魂与石缝在沟通，甚至于根本无视这考验自己的雪雨。

山脚下母亲河畔，三个师团的民兵仰头瞻望。启娃一步步往上爬，每一步都在与死亡搏斗。

他能感觉到脚底的岩石如铁，每一步的感受都不同，也许这七里崖山上的岩缝里，真存在一个千古的蛇族。

启娃提醒自己：我的意念可以代替语言。他觉得眼前咫尺的距离，仿佛生与死一般遥远，竟有一时退缩之意，然而一秒钟的功夫，这个想法一时让自己羞愧难忍。

启娃一步一阶，战友还在他后面，他的足下有鲜血沁出。这算啥？这才是农民特种兵的军魂！

光明感觉到了，山下战友们感觉到了，启娃好稳，慢慢接近半山腰鼓起的那石缝，那里完全可以打钎。

就在那一瞬间，头顶上一道巨大的闪电像迫击炮发弹的火花发出警告，春雷不甘平庸地炸了！光明仰头看见，启娃忽然伸出一只手扣住了石缝的边缘。

血从启娃的手上往下坠，光明看到启娃吸了一口气默然凝视缝口。

那石缝，开山第一桩之地，如此这般不祥。自侦察始，七里崖一直笼罩着阴雨，更别说有启娃期待的隔着云的星光。

突然间，启娃掏出雄黄粉，他怎能想到大自然生物都有灵性？他看到一条最毒的三角头的长蛇在窥视，它长舌闪动，露出毒牙对准了启娃。

启娃一手将雄黄粉撒上去，抽出刀朝蛇头七寸之处刺去。

令启娃始料未及的是，这蛇狡猾避开刀刃，直接飞向光明头顶。

山下的林子看到长蛇被启娃一脚端开，启娃失手掉下来，空中还砍掉蛇头，然后落进母亲河，一会就没了踪影。

此刻所有的民兵急急望向河边，他去哪儿了呢？

有人不顾天寒地冻，跳入冰冷的水中。

其中就有小石头，他的眼发红，不知道为何，他有点不安的感觉。

他发誓，找到启娃才上岸。他正这么想着，突然眼前一花，一条闪着诡异之光的长蛇缠着启娃脖子，向他冲来！

他警惕地一闪，想抓住启娃，可惜晚了一步。蛇绕着启娃，可怕地冲向下游，那情景让小石头终生难忘。

小石头湿淋淋地上岸，光明的心在燃烧，令他浑身沸腾，那是一种"接过枪"的烈焰！此刻的光明比什么时候都冷峻。

他沿着启娃的足迹，攀登到启娃的位置，手抓紧石缝边沿，直接把打钎机连抛带递送入蛇洞口，岩石被打得火花四溅。

蛇惧火，它们在拼命挣扎挤回去。终于，它们的领头蛇，用劲全力一挣，竟撞到坚固的铁钎上，被铁钎穿透，蛇子蛇孙呲叫着后退得无影无踪。

这个石缝就是炼金洞，英雄的誓言一定能实现。

七里崖终于低头，也许它在想，人是一种奇怪的生物，他们心里有梦，有梦就有希望，有希望就有勇敢。

爆炸声响起，虎牙一拔，七里崖发出痛苦的哀号，母亲河仿佛格外轻松愉悦。

民兵们连夜奋战，把碎石运走，心中奔涌着为祖国争光的理想，按时通车的誓言！

这个时候，启娃的战友惦记着嫂子娇娇。

1958 年 12 月 10 日的半夜，娇娇惊醒。

她认为是怀孕的缘故，让她特别思念启娃，启娃把口粮留给了她，他饿成什么样了呢？

娇娇忘不了云梦鱼面餐馆，他们在那儿定终身，水生哥是媒婆。

"天哪！"娇娇战栗着俯下身，双手抱住了面前的鱼面碗，泪水接二连三的滚落，打湿了桌面。

启娃在她身侧，凝望着这个善感的姑娘，神情难掩激动。

她一个人飘荡，像一只流浪的小猫，时刻不忘安全，女扮男装也难掩住脆弱无助。怎么看，她都不像是个有坚强意志的女性。

乳白色的鱼汤、长长的面条、赏心悦目的小葱，娇娇警惕地看了看四周的嘈杂环境，然后自嘲："我也想矜持一点，可这美味不可错过。"她连汤带面，吃了个碗底朝天。

她看着空碗，笑着看看另外两碗没动过的面条，眼神竟然是贪婪。

一旁看呆了的启娃心生怜悯，主动将自己的面推到她面前，低声说："管饱，慢慢吃，别噎着！"

"谢谢，那我不客气了。"说完之后，娇娇没有一丝犹豫。

水生这样乞讨过来的人，真正明白娇娇的率真与诚实，她的背景恐怕不简单。

要是娇娇的父母看到她现在的样子，一定会后悔留下自己的唯一女儿。

新婚之夜，他们先谈恋爱。

启娃坦诚，他是土地的儿子，他喜欢的不是一时的心动，而是和娇娇要经历所有的苦难后，还愿意厮守在一起，像他的爹娘那么恩爱、生好多娃儿好好活着。

娇娇听到启娃这么说，明白了妈妈说过的"只有爱土地的人才这么稳重踏实"这句话。

想到这里，她战栗了一阵，忽然有一种莫名的失落。夏虫不可语冰，当逆风猎猎起时，大漠里的鹰，又怎能带着柳荫下的相思雀一齐展翅翱翔蓝天碧海呢？要如自己母亲的那样，才能与父亲比翼双飞吧！

她要去找启娃。

幸福的娇娇把准备的东西摊满屋子：她用千分情万分爱缝的启娃的衣衫；启娃换洗的衣裤；为启娃摊的小杂粮煎饼。她兴奋地收拾东西，也想沿着长江埠的工地沿线，去看建设的铁路是啥样的。

"娇娇，"老村长说，"我进来了！"老村长看到家里的一切，说："丫头，你就把心放回去！启娃不爱张扬，自打他成了孤儿，我教他一些防身的功夫。他们去过特种部队训练，身手好着呢。小时候哇，他那么小，还不如沙石砾，我呀，教了几手，用上啦！"这话刚讲完，老村长就后悔了。

娇娇的脸一下子苍白了，这是有生第一次如此惶然。

自打她怀上了，突然就拥有了除牵挂父母之外的对孩子父亲的牵挂。

此刻，思念就像心慌的丝线，把心缠得一天比一天紧。在梦里启娃深深看了一眼娇娇说："天长地久有时绝，一地相思无尽处。"

房外，大公鸡用嘹亮的打鸣声催太阳升起，唤醒还在梦中的娇娇。

风还在黎明破晓前的夜空舞动，而头顶的星辰已悄然变化。从今天开始，娇娇的人生将要发生转折。

老村长敲开门，让柱子送她去七里崖。

出门时，老村长说："娇娃，你干娘赶早摊的饼，没掺野菜，叮嘱你别饿着肚子和她的干孙儿。"

娇娇百感交集："我至今还是来历不明的人，我不能吃你们口粮。"

老村长笑眯眯地挥手："你是启娃的媳妇，村里娃娃们的老师。你干娘这次我不嫌她啰嗦，她说在家千日好，出门一时难，这路不好走，好在

有柱子陪你。柱子家二个解放军，送你回村也要当兵去啰。"

娇娇竟然不知该怎么回话，握住干娘的手喊一声："娘！"眼泪就流了出来。

出村不多久，前面发出惊天动地的声音，柱子告诉娇娇前面是长江埠工地。声音传递着火一样的热情和快乐，撞开她童年记忆。

那是她的母亲抱着她骑着闪电，她在妈妈的怀里目睹了整个部队与鬼子浴血奋战的战斗。

今日，娇娇走近被冰封的土地，民兵川流不息，他们热火朝天、井井有序地从不同地方取土，为铁轨铺地基。

冰天雪地裸着的胸膛，唱着号子夯实地基，那么有力量有魅力。

这一次，她拿出准备好了的画笔勾出素描，每条手臂都铿锵激昂，充满雄厚的力量与蓬勃的活力，仿佛要在烂摊子上造一条联系光明的大动脉。

娇娇用了整整一个早上，才将素描画好。这时她又发现了一群飒爽的女民兵，她们在这片热土的洒脱劳动的各种姿态，让娇娇蠢蠢欲动。

柱子看呆了，"娇娇老师的画笔是神笔吗？"

娇娇仿佛看透柱子的心底，"她们美吗？"

柱子嘀咕，"红里透紫，吹裂的嘴唇和脸，还有冻疮，你怎么看出来她们好看？"

听得柱子这么问，娇娇不禁笑了笑，她没法对朴实的柱子去解释什么叫浪漫。

她画了女民兵身上的热情、自信、力量，冰冷的土地被她们丰满的胸膛中那颗跳动的心焐热了，她们是奋斗的人，最美的人。

柱子觉得自己也有浪漫主义，他想画娇娇，她才是一幅最美最真的画。

这时一个孩童的声音响起："我要见大姐姐！"

娇娇觉得孩童像小鱼儿寻花那样可爱。

孩童牵着娇娇的手，"我娘找。"

那是工棚食堂烧开水的妇女，大灶里的火燃着，灶门口的地方躺着两个婴儿，"快来灶口，这儿暖和些。"

大娘看娇娇的一张画上出现灶火、她和婴儿的像，激动得骄傲，"真的，真的，我上画了！"

娇娇开心极了，说："您知道启娃在哪儿吗？我是他媳妇，来看他了。"

大娘呆住了，笑容慢慢凝固，"启娃……他……他还在工地上，下了班才能回，你在我这儿歇一下，等会有人领你去。"

天快黑时，一名农民特种兵将娇娇接到工棚，光明和队友们在工棚前肃立。

"光明？！"娇娇惊喜地叫出声来。可是当她注意到光明泪流满面的脸颊，独缺启娃的队伍，一下什么都明白了。

她身体晃了一晃，一头栽下去，光明失声叫道："娇娇！"

虎子兄弟接住娇娇，水生拂去她头上的雪花。

她伸手抚摸自己的身体，启娃的孩儿在她身体里孕育，她忽然就又感觉启娃活着，只是在云雾之中。

大家默默离开，把光明留了下来。

光明的声音嘶哑，"启娃是救我而去，人至今没找到，水生拿他的衣服在他父母坟边做了一个衣冠墓。我和启娃形影不离，在崖上他说要是他牺牲了，要我照顾好你。娇娇，对不起，牺牲的应该是我……"光明说不下去了。

送别的时候，娇娇拥抱了启娃的战友，她对战友们说："我相信，所有的苦难与艰辛，都是为了成就更好的自己。生命不息，奋斗不止。"

昨夜，学禹见证了农民特种兵的爱情，她只睡了两个小时便又匆匆上路，经过了将近一天的跋涉，在黄昏时分见到了朝云。

» 朝云说，出征，不是仪式的仪式

朝云说："不出血，怎知雪美？"

那里是有血有泪的人。女子特种兵要创造一种新的取土手段。

正月十六，天空晦暗，低垂着不明的灰黑色的云。过了正午时分，一群人终于等来了雪珠子，朝云说是考验女子的雪珠子。

那雪下得密密急急的，不一会儿工夫，原野覆盖上轻白的雪，风刮着那雪粒子起来，打在她们脸上生疼。

"你这是什么表情？你不是喜欢用锄头挖的吗？"朝云问一位女兵。

"我这表情叫作——对你的敬仰犹如滔滔江水连绵不绝，又叫黄河泛滥一发不可收拾！"

今日，全队的人终于聚齐，她们抬起头挺起胸膛准备"血洗土方训练"，可是一见面就发生了争论。

急于求成，用的都是疲劳战术，甚至没有检测土质，不是急功近利是什么？土方工程，把所有的强劳力都放在进攻的位置上，这是缺乏战略眼光的。

送走了娇娇，工地上的工人激情四射，"我们为了治洪，为了好日子，而修水库、修铁路相聚，不论晴雨风霜寒露，干事也要有个知己知彼，才能百战百胜，这对我们当好农民、当好民兵、当好农民特种兵是一种鼓励不是？与妇女比试，还是友谊第一，输赢第二。"

朝云笑道："讲了半天的道理，我服了。部队里也讲发动群众呢！我要给农民特种兵一种启示：永远谦虚，不要自以为是！"

一直沉默不语的光明忽然朗笑出声："好吧，我来作证，两队想比什么？质优还是加量？还是……"

不等光明说完，朝云心中明白，心思一转，她笑道："这些你们平时一定比试过许多次，这次来点不一样的如何？"

秋生看朝云的样子，再看菊花，不知为何有点难熬。

他顺着光明的话，硬着头皮说："想比什么？总不会是借道吧？也就是借力拼耐力！"

　　朝云嘴角轻扬，淡淡吐出"土方"二字。

　　"土方？"特种兵们都一愣，"开什么玩笑？"

　　比赛前一天的晚上，朝云就对姑娘们开始了使用"神秘武器"的教学。

　　"闭上眼，用心、用耳朵、用脑。我们的对手是土和方，土就是土地，方就是计量单位，对土壤要求的多少就是土方。我们的目标就是做尖兵队，用最快的速度完成任务。面对农民特种兵尖刀队，怎么赢呢？以前是不可能，现在可以，知道为什么吗？是知识，是被古往今来的实践证明。土方也是一门讲究知识、力量与智慧的科学，首先要了解生产的本质与环节。"

　　窗外窃窃私语的雪声渐渐消散。

　　"你们认为邪门的教官，以不由分说的强势训练了你们的耐力、体力，增强了你们的能力，也让你们吃尽了苦头。可是，你们真的在很短的时间变成了现在的样子，这叫梅花香自苦寒来！明天的比赛，你们有被赋予科学意义的铁锹，这是计算过身体、力量，定制的。"

　　雪原的深夜，不是黑不见底的，是深蓝色投在白雪覆盖下的浅蓝色。

　　夜风听到声音不肯离开，它看见了栈道，这是明日比赛亮相的半机械化运土的道路。

　　这栈道是襄阳钢铁厂动员所有技术人员和工人，按照朝云队官兵要求设计的，针对女兵的特点，制作而成。

　　朝云回忆自己在总指挥长面前的承诺，她指着远处的雪原，朗声喊："菊花，你带小花搬栈道，其他人跑步前进！"

　　这一次，没有人会疑惑她想干什么了，朝云笑了，两道来往"通吃"的栈道开始吞吐土筐。

　　休耕的田地上，卸土二人，装土三人，往返栈道接力。姑娘们吸了一口气，再次看到钢丝绳上箩筐里的土，明天不赢都不行啊！

　　朝云率领姑娘们放开身姿飞驰，朝云嫌土筐飞得太慢，不满意这个半

机械化的速度，干脆利索推着土筐跑步，只听见土筐得意忘形地哼唧。

飞跑中姑娘们如花朵开放，是啊，樱桃好吃树难栽，不下苦工花不开。

这一刻，朝云眼睛看向星空，世界很安静，这一刻的云是"龙从云"，为她站立。

简陋的桌子上，摆着女特种兵创业的足迹；一张生命线的蓝图；一份抽刀断水的规划，意味着一场血战即将开始。

》围堰截流之血战

眼前的一切，特种兵们真有点不敢相信自己的眼睛，谁能想到，一场千年大战，就这么开始啦！

夜里的风很大，吹得水生他们的身体摇晃，他身体微微向前倾着："天下的水是与火相克的力量，也是使人心静的湖湾，更是冲刷扫荡一切杂质的溪流，还是包容风云的大海。传说水是天上的龙在管。今天，我第一次知道，原来我们是龙的传人……"

"你感叹啥？说说看。"冬生问水生。

金诚说："我知道！如果说错了，请你吃黑糖。"

"一言为定。"水生狡黠地微笑。

1960 年 3 月 1 日，襄丹段通车了！这一天，万人空巷……

这一天，娇娇动身去看襄丹段通车。

娇娇的旁边，一位穿着军装的老军人老泪纵横，可是脸上却涌出笑意，流着泪的笑是最美的。

他口里说："火车一响，黄金万两！人民有了精神，国家有了实力，老伙计们，你们在天之灵安息吧！你们为了今天含笑九泉啦，值啊！"

娇娇仿佛回到了马厩，骑上千里马去武当山。此刻，她和肚子里的孩子的血在涌动，她发现有未完的画卷要完成，她要画中国农民特种兵演奏的壮丽建设交响曲。

自从她从长江埠一路走来，她才真正知道爱的灵魂是怎么回事，她见到的都是像太阳一样的人，每一个人都在为这片土地发光。

从此，娇娇就不是自己了，她是中国农民特种兵的乐手、画家。娇娇心潮澎湃，她要与肚子里的孩子，代表启娃参加这场建设，一颗爱的心是最真实的智慧。

她要拿起画笔画下去，她要让在天堂的启娃看到建设汉丹铁路的胜利。

她要画大办农业的蓝图，画启娃想象中的光明世界。如果有梦想，就去实现它。

娇娇的思维越来越清晰，收拾好心情，开始用大号的碳铅笔在雪白的纸上画上黑白分明的人和事，毅然迈出第一步。

娇娇的画朴实优雅，难能可贵。她告诉学禹："一幅画是一首没有文字的歌。历史的一粒尘埃，落在一个人身上，犹如一座大山。"

空气里弥漫着淡淡的蜡梅花的清香，陪伴着清香扑鼻而来的是久别了的蛋炒饭的香。

这幅画里是一个八岁左右的小男孩，感觉有什么扎进脸里，他一把打了过去，可他的手又被什么握住了，睁开眼一看，不敢相信，随即掀开被子，一把抱住眼前的人，低声喊："爸爸，你的胡子好扎人，我是做梦吧？"

"你小子懂得疼妈妈了！知道怕吵到妈妈了？哈哈哈，我儿子要是个小女孩多好，那你妈妈就有个小棉袄啰！"

他的话刚说完，一场春雨猝不及防，转眼天地间都是浩浩荡荡的雨滴。

刚回家的爸爸又在小男孩面前失踪了。难道丹江口水库才是爸爸真正的家吗？

雨中的天色昏暗，小男孩看到在家中来回走动不安的爸爸，他上前抱住爸爸的腿，仰头问："爸爸，你要走？我给你穿鞋，我听见张司机的车到了！妈妈说你的腿要保暖！噫？我早闻到外婆炒鸡蛋饭的香味了！"

儿子齐肩高了，现在的孩子真肯长。

"好小子，外婆给你泼'肥'了，比院子里的菜还长得快！"爸爸想

起自己 13 岁那年被敌人围剿追踪，饿得前胸贴后背，也没儿子现在高。

另一幅画上，一位慈祥的老人和一位中年女子，知性优雅，是小男孩的外婆和妈妈，小男孩叫红生，挺有个性。

"红生，把饭端给你爸，都吃完！"慈祥的老人心疼女婿，又心疼外孙，再疼衣带渐宽的女儿。

"妈，辛苦您老人家了！忙前忙后忙大忙小，您自己万一又不好咋办？"

"女婿，我经历过天灾人祸。"

他碰上儿子的眼神，黑眼珠转来转去，有怒气。儿子想要说什么呢？

"爸爸，能不能不走？"

"儿子，你爸爸我是人民的公仆，要带领千湖之地的百姓，按照中央治理长江流域的蓝图打头阵。这个丹江口水库建设就是头仗，跟打鬼子一样。爸爸也想给你讲故事、说笑话，但是不中啊！水在横冲直撞，我知道我的战士，端着简陋的工具，与水相争，抢'桃汛'。水也准备与我们一战。"父亲很痛心。

此刻，丹江水正往前冲，想与汉水汇合飞流直下。

外婆走出来说："红生，我听说省委有个满腹学问的书记，他不是对你说过，要会读书，要经风雨，要见世面，做革命的接班人吗？我提议这样，今天蛋炒饭必须吃完。最后，我们一家去丹江口水库过年，咋样？"

"我想去水库工地！"红生腼腆地说，他有点忐忑。

妻子考虑了一下，叹了一口气，"我去，你被吓到了吧？"

"那倒没有。"丈夫笑了笑。

"我很想去，但现在并不是最好的时机。"

"我知道你的心。"丈夫摸了一下妻子的头发，妻儿老小的紧张和谨慎，他都看进了眼里。

"孩儿他爸，"她轻声说，"你管几十万民兵建设师团，我没准备好。"

"我也知道。我们是在走群众路线，搞建设，难，但比二万五千里长征，不难了！你等我一段时间再去。"

"好。对不起，是妈心疼她的女儿和你的儿子。"妻子说。

丈夫轻轻地笑了，拢住她的纤细的腰身，把儿子也拢在他的怀里，一边亲了一口。

汽车飞驰，看到热乎乎烫手的鸡蛋，司机泪水在眼眶里打转转。

红生抬头看妈妈，妈妈正在眺望远去的爸爸。

外婆懂得自己的女儿的心，从武昌到丹江口水库，好像天涯海角那么远，老人家尽力照顾好女儿和外孙，让女婿一心治水。

一场只能赢不能输的"围堰"战斗就要打响！红生想，一定要去水库和爸爸和传说的那些特种兵一起过年！

丹江口水库建设拉开帷幕，围堰长 1060 米，宽 30 米，工地上 3 万民兵战士摩拳擦掌，一场土法上马、土沙石组合的围堰之战即将来临。

战斗场面很宏大，四周群山连绵，江水滔滔，岸边红旗桅杆漫天遍野，十几万的部队驰骋在硝烟之中。

在天水交接处，满载沙石的渔船在急驰，船上的民兵战士，光着上身露出坚定的目光。

光着上身的战士中有一朵盛开的"鲜花"，她一身的红色，眼睛里闪烁着独特、属于她自己的坚强的光芒。

只听在鼓声中，指挥长一声令下，战幕拉开。

第一船上袋子里的带血的石头，跟从鼓声的指示，分秒不差地抛入水中，石头将一层层的浪花截住，没等浪花有一丝喘息，后面的船又接连抛下沙石袋，这是抽刀断水。

一只一只船形成水上的路，石头连成一条空中的石头瀑布，砸向江水！

岸边十万余人的"加油"声一浪高过一浪……

只见，头一批石头被浪吞入口中，顷刻不见踪影。可是，水龙抵挡不住层层叠叠的石头堆积，一寸一寸，石山紧紧扎扎捆绑住了水龙。

水龙还在挣扎，它先高高推起第一条船，然后一个浪头将船打翻，风也兴风作浪，将几条船吹翻。

红生皱眉流泪说："翻船了？船上的人呢？那个红衣女民兵呢？"

"总指挥长说有人跟着跳水下去了！她不会淹死吧？"

战士们遇事不慌，浑身上下透出威严，他们顺着水势不断抛石头，石山不断地长高长壮，水龙被捆在山丘之下，被截断了！

总指挥长激动万分，"我们成功了！"

» 激流冲来的婚礼

学禹水性极佳，来来回回地总与水生擦肩而过。学禹被湍流冲往下游的瞬间，水生在后面追逐。

水龙要报复，它卷起学禹，妄想演一出"河神娶媳妇"。

水生想，水龙将父亲卷走，我破碎的童年，悲惨的少年……这一次绝不能让它得逞。

学禹在昏昏沉沉之中，被一只有劲的手扯住上了岸。

躺在岸边的水生好不容易将学禹拉上岸来，忽然想起什么，手摸裤腰，油纸包还在！

他小心翼翼一层又一层打开，两块莲花绣手帕完好无损。

"这是什么？"学禹目不转睛地看着手帕。

"这是我娘留给我的，这是寻找妹妹的信物。"水生回答。

"你是胡水生？"

"你是胡学禹？"

他俩相拥而泣，感天动地。

当春节的脚步来到工地，工棚内热情高涨，一场婚礼正在举行，水生、学禹有一万年的感情燃烧。

凌晨四点，他俩还在私语，童年的味道弥漫在母亲给他俩的莲花绣手帕上。

学禹在读给水生哥的信，水生紧紧拥抱学禹。没有她的夜，苍凉千疮百孔；而拥她入怀的夜，无比美妙。

　　窗外渐渐透出乳白色的晨光，一夜过去了，他俩拥抱的姿势一点没变，14年的寻觅相会于今天的工地，这是他俩的诗和远方啊！

　　仅仅只是一夜的工夫，学禹细细打量眼前的水生，这么年轻的哥哥，两鬓却微现霜色。

　　学禹心疼，睁大眼睛望着那几缕霜发说不出来话。

» 雪是热的吗？为什么这样？

　　正月初一，雪花飞舞。

　　指挥部的门猛地被推开，进来一个看不清外貌的人，她是槐花，来工地结婚的新娘子。

　　作为指挥长的秘书，光明焦虑地看着门外。天气突变，乌云毫无预兆地压了下来，狂风怒号几乎要掀了所有的棚顶。

　　红生听见门外响起汽车的声音，是外婆和妈妈来了吗？不是，是槐花的老父亲。

　　他的容貌比较苍老，透出一种霸气，特别是双眉正中有一道罕见的抓痕，犹如刀刻般凌厉。

　　他的怀抱里两岁的孩子睡得很香，小脸蛋通红，孩子赶走了老人的寂寞。

　　老人告诉光明："我的女婿大强牺牲了，但女儿有冬生那么好的人喜欢，真心同女儿共白首。两个人在一起有伴，我可以安心地离开了。"

　　门外风雪好大，四周是滚动的雪，门刚打开，红生就扑向外婆和妈妈。

　　红生听见大家喊妈妈"大姐"。大姐看见槐花的第一眼，心里暗暗称赞：好美的姑娘。槐花身上一股脱俗的气质，敢爱敢恨的情怀，好似千湖之省的盛夏热烈。

槐花也注意到眼前的大姐，若不是藏红色围巾没遮住额头前的几丝白发，实在难以想象她实际的年龄。她一双黑得深邃的凤眼，把岁月沉淀的智慧和深沉的爱情都藏在里面。槐花忍不住靠近她，那柔中带着刚韵的素雅和朴实，显出了庄重和稳重。

» 占国的爸爸用热血把雪焐热了

占国的爸爸叫大强，如同他的名字，这个农民的儿子不怕困难。此刻，他正尽全力挖土。

一同战斗的民兵说："今天填不满，晚上接着填，这下面必须填满，需要很多土，加油！"

大强变成了一个泥人。

槐花的心在颤抖，脑里闪过爹讲的一段话，"所有命运赠送的礼物，早在暗中标好了价格！"

此刻她心神不定，她机械地放下一把锹，可是却又找另一把锹，把土铲进了筐里，然后又从筐子里把刚铲进去的土铲出来。

全小组的人都焦急地围绕着这不规则的大坑，挥舞着手中的铁锹，要尽快填平。无边的雪夹雨将天空和原野染成了一色。

槐花静静地看着大强，丈夫深邃的目光里沉淀着一种异样的光芒。

槐花的眼神跟随着丈夫铲土、背筐、填坑。

忽然一声"塌方了！"的惊叫传来，大强猛地推开身边的两个民兵，他和另外四个民兵倒向坑里。泥浆如饕餮的怪物吞噬了他们。

十秒，只有十秒，五位壮士就不见踪影。

全村人焦急无奈地远远围绕在大坑边，听见身后传来杂沓焦虑的脚步声，是农民特种兵尖刀队赶来了。失踪民兵的家属跪地向他们求救。

特种兵们看到了自己的战友对死亡的无惧无畏，在建设汉丹铁路中，这些壮士面对生死的考验毫不退缩，是多么令人敬佩！

» 十万战士见证的婚礼

冬生出身于一个革命家庭，他一旦喜欢上一个人，就会用最热烈的语言去表达。

冬生满眼的柔情对槐花说："那天，我见到占国和你在坟前，内心爆发出一阵从未有过品尝的冲动，我要保护没有父亲的占国，没了大强的你。这种冲动，如埋在心底的种子发芽、长大、成熟。你和占国，我们一家三口，能过上美满的生活。请你相信我对你的感情。"

冬生和槐花的婚礼开始了，十万战士都是证婚人，为他们真心祝福！

光明请出总指挥长，他是婚礼的司仪。

冬生、槐花回答了司仪的问话："我们愿意成为夫妇，无论贫穷或富有，健康或疾病，都不离不弃！"

"百年好合！幸福长久！"大家齐贺的声音传递到很远。

» 呼啸的工地

汉水两岸，风呼啸而过，鬼哭狼嚎；浪发出尖叫声，工地喧嚣。

远处几棵红梅绽放。

红生睁大眼睛，工地上干活的人之中，竟有父母。

此刻，战士们正用铁锹、铁镐、扁担，还有筐子和热情跟红生打招呼。

"你讲的是科学道理。我还有一个精神支柱的道理，就是心热。"

"什么样的心热？"红生翻遍脑海找答案。

　　这时候，光明挤进来，红生请他讲什么叫心热。

　　"心热是这个丹江口水库可以管水，它是个大胖娃娃，洪水季节，它把水存起来流慢点，干旱季节，它放水流快点，这样一来，就顺了。这个希望让我们心热，为自己、为后代修水库的辛苦付出一切值得！"

　　"啊！我和妈妈总难见着爸爸，就是心热的原因！"红生明白了。

　　昨天，妈妈来到爸爸面前，爸爸紧紧拥抱着妈妈。

　　妈妈是爸爸的战友和伴侣，就像冬生和槐花。为了妈妈，他想在呼啸的工地多待几天。

　　他想了解，这里有什么让爸爸留恋？

　　他的小脑袋从来没有这么多的思索，猛然站起问光明："哥哥有什么办法让我在这儿多待几天吗？"

　　光明笑道："你能想到办法让全家都来水库工地一起过年，就一定能想办法多留几天的。我相信你，小伙子。"

　　在光明看来，这小红生虽寡言沉默，但做事十分可靠扎实。

　　水生收了帐篷，红生坚决和他一起铲土、推车，小身板不知哪来的劲，手上起了血泡也咬牙坚持到收工，一起吃饭。

　　回到办公室，红生快乐的眼睛闪闪发亮，"爸爸，你像我这么大的时候，参加了儿童团吧？"

　　没等爸爸回答，他又说："爸爸，工地上的饭，吃得比家里都好许多，有杂粮窝窝头、咸菜，还有肉、面糊汤。我可不可以去你的后勤服务办公室看看？"红生的眼睛紧张地看着爸爸。

　　孩子连珠炮似的追问让爸爸妈妈吃惊，工地让这个缄默的儿子变了！

　　离工地一里地，有一个特殊的战场，这就是整个丹江口水库建设的后勤服务中心。

　　其中有一间房，日夜不熄灯光，为十多万人的水利建设大军输送世间的爱和力量。

　　天放亮，天空的乌云渐渐淡淡消散。

　　一个多月的雪夹雨突然结束，外婆暗喜：老天哪，你快将这天地晒一晒吧！让我们闻到新泥的芳香吧！

大家抬头仰望，天穹宽广无际，白云高高的，工地如一艘乘风破浪的航船。

大姐带红生来这里，就是想让他知道一粥一饭是怎么来的。

突然，"叮咛咛"声打破了寂静，一个人扑过去抓起话筒："喂喂喂，我是徐太明，请讲话！"

红生不知道为什么跟着紧张，难道真如爸爸所说，电话在这里掌管着生命？

"等等！你是河北省人民政府后勤部？我们购买的大白菜今晚十二点保证送上火车？谢谢！"

"我们省长说了，有你们吃的，才会轮到我们，谁叫咱们是生死兄弟！"

"谢谢，致以崇高的敬意，代表几十万大军感恩！"

电话又响了。

"喂喂，我是山东，徐太明在吗？"

"我在。有话说！"

"你们工地吃的大葱肉馅饺子，已经准备好了，马上发货。"

徐太明一放电话就问："要到山东去了，谁的嘴巴那么长？是学禹吗？有416公里长！"

红生问笑了的妈妈："416公里是汉丹铁路那么长吧？是吗？"

学禹大笑，一口雪白的牙齿健康又好看。

"学禹电话！"

"来了！"她接过电话，"喂！早上好呀！"

"我们这儿下雨，你们要的四川榨菜暂时无货，但是别急，我们准备下乡去收购一批。你们也在其他省份，比如贵州、湖南等爱辣的省市打听一下，多一条腿保险系数高点。你说呢？"

红生很乖，他的小脸有点蒙，眼睛却转着，心里在思索，慢慢地有点明白工地的伙食不错的原因。

他觉得与爸爸不再生疏。爸爸摸着儿子的头，心觉愧疚，说："看到爸爸的使命了吧？你看到我的战士多么可敬可爱，他们值得爸爸去奉献！你现在的任务就是要坚持不懈地读书。"

临别的晚上，蔚蓝色天空中月亮格外明亮。总指挥夫妻俩难分难舍，他们干脆走向窗户，画卷一般的夜景完全展开在面前。

远看，缥缈的云雾之间，连绵的山脊如一苍莽的飞龙，在云水间穿行；细看，山山态势陡峭，而迷人的是层层云雾，深浅不一，恢宏壮阔！新鲜的空气扑面而来。

他们相拥着春节团圆的最后一晚，忘不了恋恋不舍的爱情和使命。

分别，是为了再见。妻子把爱放在了心里；丈夫选择了人民公仆这个终生的事业。

"爸爸再见！"第二天，红生抱着父亲说，"我会好好学习天天向上。"

"儿子，爸爸不会辜负你的信任。"

» 为众生抱薪者的践行

1960 年 10 月 29 日，隔蒲潭大桥第二次试车。

上个月的 9 月 29 日，第一次试车失败。今天，这儿人山人海。

姚建明是一个阳光帅气的初中生，与学禹一见如故，她像老师，像知心姐姐，像可以信任的朋友。

他毫不犹豫地问："上个月 29 日 15 时 35 分是第一次试车，为什么这个月也是 29 日 15 时 35 分第二次试车？而且试通车的人是副总指挥长？"

学禹一下子无法给他解释，只有紧握住他的手，传递给他力量。

阳光热烈，学禹闭上眼睛，手上感应的是姚建明，一个铁路司机的儿子在期盼父亲的成功。

学禹来之前做了翔实的调研，上个月的 29 日 15 时 35 分，是姚建明的父亲姚志伟试车，他上车前，给儿子留下一封信。"儿子，当你见到这封信，那就是爸爸'光荣'了。为什么明知有危险，偏向危险行？你爷爷参加过'二七'大罢工，是为了打破那个旧世界，建立一个新中国。建设汉丹铁路是我们铁路工人的责任，时不我待呀！儿子，你是铁路工人的接班人，即使爸爸不在了，我的爱也永驻在我的中国。"

学禹仿佛看到一位拔山填海、敢于挑战危险的勇敢斗士，能够让人舍生忘死紧紧跟随前赴后继。

姚建明懂了，汉丹铁路是一条通往繁荣昌盛之路，值得所有人付出一切去建设。

"谢谢你，学禹姐姐，我明白副总指挥今天亲自试车，是为了祭奠我父亲的灵魂，是为了人民过上好日子。"

这个烈士的儿子，伫立在这座吞下父亲、三个工人和车头的隔蒲潭大桥下，今天的大桥显得格外雄伟，以最矜持的姿态迎接第二次试车。

姚建明站在父亲出事的第 19 号桥墩下，他对 19 号桥墩有一缕几乎不可觉察的抗拒。

"你对今天试车有何感想？"他问 19 号桥墩。

"为何要问我？" 19 号桥墩看到烈士的儿子，心神不宁，"你爸是好样的。你知道吗，那么大的车头车厢，我还没准备好，扛不起。我也想得到公平公正的判决！"

建明听懂了一点，19 号桥墩的质量问题是第一次试车失败的原因，他记住了这个血的教训，将来他就学架桥！

他再不回避爸爸牺牲的事实，水生带来姚建明的铁哥们"胖子铁"和"瘦子杨"。

"胖子铁"不简单，是詹天佑的徒孙。他爷爷说："你拿起了剑就不可以再放下。你立志要建设铁路，你说要成为铁路工程师，这条路并非坦途，真正的铁路建设，一定懂得坚持。"

"瘦子杨"家三代铁路司机。他十分机敏，啥事都试着干。他爷爷就参加过二七大罢工，他们家宣告世世代代姓铁。

物以类聚，人以群分。姚建明的爸爸也与这两个同学的爸爸是战友是兄弟。

总指挥长心细，吩咐由水生负责照顾烈士的儿子，于是三个孩子同时出现在第二次试车的现场。

时间，从来没有这么让人受煎熬！现在是 15 点，离试车还有 35 分钟。

姚建明，一点不觉烈日当空的酷热。隔蒲潭大桥下的府河的风徐徐吹来。

这一瞬间，他真正体会到父亲的伟大；这一回眸，他和父亲永别在 9 月 29 日。

1960 年 10 月 29 日 15 时 35 分，黑色的火车机头准时进入数万人的眼中。

建明看到了机车头上的爸爸。

"爸爸，我看见你了，爸爸，今天是副省长站在司机旁边，他们来了！"

机车头，因铮亮而神采飞扬，尾巴上挂着水车和车厢。它体积庞大，速度缓慢，勇敢谨慎，义无反顾，向桥进军。

它离桥越来越近，人群越来越紧张。突然从云端传来云雀的叫声，像少年脆生生的歌声，缓解了人们的紧张。

一个头发花白的老者手搭在司机的肩上，特种兵们知道，他是首长，他在，阵地就在。

关键时刻，机头忽然停下。特种兵尖刀队飞奔而来，来自各团的民兵向隔蒲潭大桥靠拢，所有人心潮起伏。

副总指挥长在阳光的照射下，带着金色的威仪说："拉信号！"

车头发出狮吼，试车开始。

大桥另一头，前方信号员在示意：进入 19 号桥墩！

姚建明的眼睛通红，死死盯住 19 号桥墩，三秒钟，府河吞噬了父亲和工友，他自闭了眼睛。

突然，人们的呼声像晴天霹雳，"过了！过了！过了！"

第 20 号桥墩怎么过的，姚建明不知道，他拽同学的手，低下头，热泪盈眶。

车头平安通过隔蒲潭大桥，中原千里良田和数百村庄，通连了！

中国人最大的长处就是坚韧，越是困难越是迎难而上，只要有心，有蚂蚁啃骨头精神，就能截两水之流，就能建好丹江口水库。

秋生记得，村里粮食断炊，工地上却三餐有吃，还有少许肉。

» 敬粮食，敬往事

夜，月黑风高，是真正天寒地冻之夜，是一个饥饿的夜。

他，放下丹江口水库工地的事出走了。

他是总指挥长。

春节到了，工地上十万建设民兵都在准备截流不回家，总指挥长想给战斗在泥里水里的战士包顿饺子过年。

一顿饺子，需要十五万斤面粉，总指挥长要去襄阳"劫粮"。车里的他，脸色憔悴，心态也让人捉摸不透，但他的心是沉重而焦虑的。

他是借粮，实际是从襄阳人民的口里"夺粮"，手背和手心都是肉，总指挥长心痛如绞。

他对光明说："民以食为天！我，人民的儿子，何德何能？从人民的碗里抢粮食修建丹江口水库。但不修不成啊，为了中原粮仓，为了人民的长久幸福，我得去要粮。"

光明很理解总指挥长，也有过这样的煎熬，去襄阳要粮，光明觉得自己的心也在疼。

此刻，襄阳县招待所一间客房，有人捷足先登。她身着洗白的军装，一头乌黑带自然卷的短发。

她的眼神温柔，看着丈夫向自己走来，带着一身风霜。片刻，她关上门，直接撞进63天未见面的丈夫怀中。

小别胜新婚，总指挥长端起女子的脸，还是那么端庄明丽动人，就像他们初识。

大洪山的山洞，游击队的女兵们身穿灰色女军装、草鞋，又冻又饿又困。

已经是冬季，一个秀丽的女兵扬起嘴角憧憬说："要是能有一碗热乎乎的玉米糊糊，哪怕不去麸皮，哪怕没有甜味，也好啊！玉米糊糊你在哪呢？我想死你了！"

就在这时，一个神采飞扬的女孩子出现了，背着一捆柴火，调皮地围着女兵闻了一圈，像顽皮的小精灵！

她笑呵呵道："我听见你们肚子里咕噜叫的声音。"

这时，刚刚那个说话的女兵大声喊："'古来稀'！我要你变成一袋玉米！"

"听我的！闭上眼！说变就变。"

山洞里面所有的女兵很愿意听这个"古来稀"的话，配合地闭上眼睛。

"古来稀"脱掉棉衣，撕开一条一条线，整个棉衣里子变成一个一个袋子，她像端着聚宝盆一般倒出黄灿灿的玉米。

女兵们抱住"古来稀"高高抛上天空，她笑得像云雀那么好听，清脆悦耳，充满活力和激情。

接下来，女兵们生起火、架起锅，倒出玉米，分享这黄灿灿、烫滚滚、香甜甜的玉米糊糊。

"古来稀"的样子深深刻进当时还是一名战士的指挥长的脑海。

现在，又是一个缺粮的时候，妻子管着全省的财政、物资。

她为水库战士需求的15万斤面粉而来，他感叹地看着美丽的妻子，"人生难觅知己，我十分珍惜。你不仅仅是我孩子的妈，还是我的战友，更是我生命中的知己。"

他看着妻子脸上红彤彤的样子，温馨极了，一股热流涌进心窝，他的眼圈红了，他激动，体内仿佛有种成就感在冲击着他。

"你总是在我最需要的时候来到身边，这一次，你找到'药方'了？"

"嗯，当年的玉米是哪来的？我又是怎么神不知鬼不觉背上山的？是老百姓。今天，我来之前，去拜访了几家老人，他们听到水库建设部队三九严寒仍在工地施工，为截流赶桃汛不回家过年的消息，心疼得很，就替我们算了一笔账。"

说完，她拿出一本随身携带的账本记录，"第一，15万斤等于240万两，摊到240万人，只需一人拿出一两；第二，修丹江口水库效益有防旱、防涝、发电和南水北调，惠及中原和北方人民。我会写下字据，将字据保存在党史馆，让世世代代的人民记住襄阳人民的舍得。"

首长闭着眼睛听着妻子的话，呼吸沉重而急促。他眸光一闪，伸手将纤细更瘦的妻子往怀里一揽，声音低哑："我想谢谢你！"

此刻，他们都是平凡的夫妻，首长怀里的"古来稀"便是他生命中的唯一。怀里妻子的眼神那么幸福，分明在说：我从来就是你的。

» 右岸汉江截流之战

总指挥长站在一个土墩上，他率领十万精神昂扬的建设水库野战军来到汉江截流"龙口"战场，这儿还剩下关键的22米宽，汉水早已被激怒，气势汹汹，虎视眈眈。

这儿迎战的都是勇士，都是机智会水的战士。

光明率特种兵报告："报告总指挥长，'龙口之战'是汉江截流的关键，汉水不会乖顺听话，我们不管如何艰难，一定会坚持到底！"

学禹报告："我们女子特战队申请加入，要求上第一线。"

"报告，郧县况华在规定时间把战士的粮食、猪肉送到！"

"报告，工程局负责同志陪同副总理即将来到！"

总指挥长望着天空感慨，历史的老人睁开双眼吧！我们的工地在打一

场人民战争！我的兵像蚂蚁啃骨头那样顽强拼搏奋进！

　　"全体战士听令，我们是中国农民特种兵，听从命令服从指挥！"总指挥长站在那里，从容不迫，自信刚毅！

　　龙口越来越小，龙头在垂死挣扎，在怒吼。

　　一声冬天的惊雷划过天幕，大雨滂沱而下，雨点如刀尖弥漫着，越下越大，雨幕如同浓稠巨大的迷雾笼罩了天地。

　　阵地上的战士，没有一个人惊慌失措，只见总指挥长的手指向 22 米龙口的左侧，20 吨门式起重机吊起十几吨的混凝土预制块向水中倾倒，自卸汽车在指挥旗指示下，轮番上阵倾泻着石块和混凝土块。

　　龙口右侧，没有一个人退缩，战士们仍然使尽全力，朝着江水抛投装满石头的竹笼。

　　雨在下，水龙在咆哮，不是战士压倒它，就是它压倒战士。

　　只见龙口上游，一艘艘自卸木船，将整船的石头倾覆于水中。

　　龙头在左、右、上三面夹攻下，只有出气没了进气。

　　11 点 55 分，最后一块象征意义的混凝土预制石块，移动到了龙口边缘。

　　100 名农民特种兵战士赤膊上阵，只见一个 15 吨重的混凝土块，成功地压断了长龙的脊梁！

　　从这一刻起，汉水两岸连成一道长堤，历时 3 小时 10 分钟。

终章　丹江口水库的相思

"天行健，君子以自强不息；地势坤，君子以厚德载物"。黑土地母亲的子孙继承中华文化的传统，让艰苦奋斗、自强不息的爱的灵魂代代繁衍。

» 娇娇的命运

所谓的命运，不到最后一刻，谁都不知道。

而娇娇说："不到最后一刻，我都不会停止反抗。"

1969 年 9 月 9 日，老村长守在启娃家，就坐在院子里的石凳上。

他眺望着天上的卷云，耳听着启娃家里娃娃们读书的声音，露出一副享受的惬意。

他眯着变老变小了的眼睛在想，那悠悠的白云深处有一双启娃眼睛，他是自己抚养大的娃子。

他还在眺望，娇娇会从门内走到院子里，穿着小花蓝底的棉袄，眉毛弯弯像画过的柳树叶，面目清秀，一笑露出一口白色好牙，嘴角上现出两

个小酒窝。

远处的稻田，村长替启娃打理得很好，那是娇娇怀着孩子时经常留恋的地方。

夏季的风，经过水田的过滤，拂过老村长的脸颊，送来地里沉甸甸的果实的香味。

好静。村里的狗，远远瞧着老村长，最老的大黄狗，慢慢踱着过去，伏在了老村长的脚边。

娇娇还算是个有福气的人。老村长心想。

过去的两年，几次三番有人想砸"反动子女"娇娇的家，拉娇娇去批斗，都因为老村长的强硬，一个个灰溜溜地走了。

就在老村长遐想之际，有两个人找到启娃家，老村长望向来人有点吃惊。

这两人长得一模一样，高大威猛，气宇轩昂。

"这两个人不简单，也不像本地人，难道是？"老村长站起迎上去。

来人十分有礼貌，脸上的笑容真诚温和。老村长这辈子见过的人多了去了，像他俩这么让他感觉说不清道不明气质的人，还真是"大姑娘坐轿——头一次"。

"老村长您好！请问启娃的家是在这儿吗？他家还有什么人？"温和的声音中透出威严，两人同时开口问，仿佛是一个人在说话。

老村长一怔，这不是双胞胎兄弟吗？

他欣喜地走近："你们是虎子和彪子兄弟吧！变化太大了，我完全不认识了，只是十年前在长江埠誓师大会上见过的。你们是来见娇娇的吧？她和儿子，让水生接走了。"

老村长激动地请兄弟俩坐在石凳上，"屋里是娇娇的学生，按娇娇老师备的课在复习呢！"

虎子兄弟对视，近十年的执念，参透生死。

作为启娃出生入死的农民特种兵的战友和兄弟，他们想见却又怕见娇娇。

今日，他们甚至还没去武当拜祭二位母亲，就急急赶到这儿。

他俩对老村长说："老村长，我俩必须见到娇娇，可是又怕见到她，怎么办？"

老村长拉着他们的手来到启娃坟前，启娃的衣冠墓在他全家人的坟群里，坟前有一束新采不久的小野花。

老村长解释说："这是娇娇的学生采的，这些孩子天天都来，把娇娇教的课文读给启娃听。孩子们学习可用心啦。"

老村长留下兄弟俩单独跟启娃唠话。墓碑上的署名为：全体农民特种兵尖刀队、娇娇和儿子。

» 坚强是因为勇敢

在启娃的坟前，虎子和彪子目视前方，仿佛是自语："娇娇是坚强的母亲。"

1966 年，夏至，襄城第一中学。

门房师傅，每天都会对第一个到校的娇娇热情地问早。

今天，师傅望了望她，眼神里流露怜悯，然后低下头。

娇娇虽有一丝怪异，但照常去教师办公室。

办公室在三楼，远远望去从三楼吊下来大字报，为了让人能看清大字报，每个楼梯层都装了大灯泡。

待娇娇近看，学校的大字报上"徐娇娇"三个红笔大字，像血喷在她脸上。

大字报字字戳心，她第一次看到父母的身份：父亲是黄埔军校高才生，国民党的高级军官；母亲是豪门大户小姐，现在两人去了台湾，娇娇成了货真价实的间谍。

大字报恰似一枚炸弹，把毫无思想准备的娇娇炸蒙。

她在绝望之极，只有一个念头：为了儿子，我不能死！我要活！

娇娇儿子的名字启徐郑，他不明白爸爸是英雄，自己怎么却变成了狗熊？

他拿着"烈士证书"去问校长，校长不说话。

此刻，门房的师傅让他进来，示意他赶紧打电话找平日的叔叔阿姨。

启徐郑给离他家最近的金诚叔联系上了，只说了一句话："叔叔，救救妈妈。"

金诚挂了电话，他无论如何没有想到那位虎口拔牙的农民特种兵战士的妻子和儿子，也会遭遇横祸。

他打了一通电话之后，再开车去接启徐郑，接到孩子夸赞道："瞧瞧咱们的孩子，遇事不慌不乱，跟你爸爸的性子一样，真是让叔叔羡慕啊！"金诚真心欣赏这个才八岁的孩子。

第二天，金诚家热闹起来。水生从水库工地赶来，他对金诚讲："我把这小子带到工地，交给胡学禹，让他和我儿子一起读书。"他们走后第二天，从北京赶来春华和太明，随行的有姚建明和他的两个死党，他们一进门就吵着要代表北京红卫兵抢到娇娇。

随行的冬生和秋生则去学校，详细地读了那篇洋洋洒洒的大字报之后，陷入沉思。

跟随他们的光明表情十分怪异，让冬生看到他还对娇娇牵挂！

秋生理解光明的磊落和坦荡，他和一个干部的女儿成家，并有一子。

金诚想，这大字报的出处，只有光明的老婆知晓，如果是光明的老婆干的，那她就太蠢太自以为是了。

光明怀着内疚、辛酸、同情的杂味，寻到娇娇的住处。

这是学校楼梯底下一间要弯腰进门的清洁工具房，因为是楼梯底下，进去之后才发现是三角形的屋子。

可以放一张仄小的床，靠外墙有一扇比通气口大一点的窗户，窗户下面一些破烂的家什，一看便知是从垃圾堆里淘出来的。

娇娇睁眼躺着，时时刻刻准备被牵出去游街示众。

见到光明，她竭力将自己埋进仄小的床和发出难闻气味的被子里。

这样子的她竟像一只秋虫，一只在寒夜的寂寞里苦苦挣扎求生的小虫，连一声虚弱的哀鸣都发不出来。

光明的心碎了，生平第二次流泪。

第一次的眼泪，是仇恨日本鬼子杀害并烧死了先生和善良的村民。

这一次的泪水，是因为人性的卑劣，而这卑劣、嫉妒的始作俑者，是自己的妻子。

光明抱住娇娇，不是相爱相思，而是心疼。

娇娇毫不在意，心中除了儿子，再没有令她在意的事情了。

光明慢慢揭开被子，看到娇娇腿上被踹破的伤口还在渗血。这样的伤口还很少见，是青紫下的鲜红。

她的肋骨也断裂了，她记得游街示众时，有人从人群中跑出来踢了一脚，那时断了不疼，过后才疼。

此刻，身心的疼痛与疲惫，让娇娇想躲进被窝，光明告诉她："北京红卫兵来提审，姚建明来了。"

娇娇听到姚建明这个名字，心跳加快。怎样才能离开痛苦的深渊？死吗？为了儿子，她要熬过去！

她忍痛穿衣，衣破难补。光明心急之下，欲脱自己的衬衫，但里面只有背心，如果让人瞧见，越坐实了对娇娇的诬陷。

此刻，有人从门缝递进乡下土布的衬衣，这是门房师傅女儿的衬衣，遮住了娇娇的窘境，一种无以回报的感动让娇娇泪流不止。

门外，她看见了变幻莫测的天气、是拥挤的戴着红色袖章的人，她吓了一大跳。

红卫兵中有三个高帅的年轻人，正气凛然地望着娇娇，那分明是在招呼亲人回家。

三个北京的大学生红卫兵的心好痛，他们要带走娇娇。

本地的红卫兵开始小小地骚动起来，凭什么？我们老师不是那样子的。

北京来的红卫兵根本不作任何表示和解释：带走了！政治任务。

娇娇想到会去的很多地方，唯独没有猜到是回启娃老家！

她见到了父亲般的老村长，还有教过的娃娃。

向东，那里有死不移地的水生、学禹、他们的儿子，还有朝思暮想的儿子启徐郑。

"我的老屋，媳妇儿回家了！我的启娃，你老婆回来了！"娇娇百感交集。

这儿到处都是启娃的影子，那慰藉心灵的时光如涓涓细流，一滴滴在她的心田荡漾，那是替代她伤心之细流，那是让她重新在这块土地上挺立的支柱。

她必须从头开始，在哪里跌倒，就从哪里坚强爬起，坚强是因为勇敢。

到家的娇娇哭了，哭得稀里哗啦，撕心裂肺，好像新婚的当年。

有一线阳光从屋顶天窗斜射，这阳光安静惬意，如时光老人欢迎女儿回家。

一屋子人静极了。德高望重的老村长，开口说："你教过的娃娃说，要证明你生命的存在，请保持你生机勃勃奋进的姿态。"

此刻，夕阳透过一排长窗和开着的门缝漫进来，给客厅增添了几许气氛。

娇娇正专注地在书架上找出王羲之留存于世的著名行书《快雪时晴帖》，她说："不管外头如何闹腾，你们去工地劳动之余，学习老祖宗传下来的毛笔字养心。"

她找出老村长保护的笔墨，在宣纸上虎步龙行。落墨之处，笔力遒劲，气象宏伟。上写：修水利，千秋大业；办农业，民之根本；保护环境，人人有责。

戛然收笔，意犹未尽，"这是启娃告诉我，首长说的。当年修路围堰截流，我们最需要解决粮食问题。"

金诚和冬生激动不已，"我俩保证过，办农业，不再四处借粮修水库。"

娇娇头上包着一块土布，土布下面的眼睛闪亮，她一辈子感恩土地，她有了自己的目标。

» 槐花的奇迹

2019 年 8 月，飞机飞行到最后的几分钟，她的面前到底会不会发生梦中的心路？她会在梦中的心路上独舞吗？

她想：除非经历过后，回头看时才会明白五十年似反掌，风尘国外的日日夜夜，如浓缩在一个光圈里，时光对于她几乎是原地踏步。

飞机正点降落，万物繁盛，松竹森森，满池荷花盛开，石榴花耀眼……心潮澎湃，顷刻便将她思乡的心吞没。

她的心路告诉自己，坚持与忍耐与努力，游子回家了！

北京机场，春华、太明、建明三大家人，把她一家三代人的脸快亲破了！

小孙女嘀咕："一群蝗虫扫荡，麦子啃光了！"

没能及时回味相逢的味道，又开始了梦想中的高铁时速。娇娇发现自己变成一朵云那么轻，是月球上的感觉，她和上辈子的人的灵魂相遇。

娇娇在思考爱的灵魂深处是什么？她不敢再去爱，在寂寞中磨去情感，把心淬炼得薄而深，那是情感的利刃，不时地刺痛一下生活和大脑，有些时候疼得厉害无法安眠。

她知道自己一生中这种情绪是不可避免了，黄连的苦涩总是让她想起注定没有结果的爱情。

这时候，依依，她的儿媳温柔地拉了拉在人群中发呆的婆婆。

今天一听光明来了，娇娇竟然慌慌张张地不顾形象地往外冲。

幸好理智让她留在了原地。其实并非理智，是头上的三个灵魂。

第一个是教训的灵魂。爱情是你想要什么样的人，婚姻是你需要什么样的人，一个男人能为你做多少事才关乎他爱不爱你。

第二个是教导的灵魂。一个男人几十年如一日用心陪你，他是一个真正的男人。可是你的身心被溶化在童年的记忆中了，你不再需要轰轰烈烈，只想陪他走完人生的风景。只是这样的生命真的完整吗？生死与共才没有遗憾吗？这是你的誓言吗？未必！

第三个是梦的灵魂。梦的灵魂说，启娃懂你和光明，他一定是设身处地主动处处替你想的人，他是善良真诚的人！

娇娇的心在滴血在挣扎。既然不在意别人的看法，那就是将自己人生的钥匙交给命运吧。

她和儿子来到了启娃的墓前，一家人终于可以团聚在这儿了，在启娃的坟墓前，娇娇心若大海的波涛起伏。

启娃，启徐郑全家都来了，我的灵魂在你的灵魂的旁边……你看看，这个遗腹子，他不仅仅是你和我的，还是你的战友的，更是你的大叔给我全家再生的呀！

启徐郑高大强壮，既有启娃的健硕，还有外祖父的英俊，"父亲，儿来了！你看看我的媳妇，她是你彪子战友的女儿。"

此刻，几缕黑色的发丝轻拂过年轻女人的脸，特别完美的身材线条在夕阳的光照中显得格外妩媚，脖颈上一条珍贵的珍珠项链映衬着她细致的浅麦色皮肤，透着一种天然的美丽。

她的身边站着一对龙凤胎，启小哥和启小妹，两个孩子闷声不响地看着四周，听着父亲说他们完全听不懂的话。

爸爸哭，他们就拉着奶奶的手跟着哭。

"爸爸，你的墓地真美。这儿如披上一层四季变幻的纱，缥缈而美丽。你从农民成为农民特种兵，不仅仅是记录你的成长，而且记录了新中国初期，你们继承了伟大中华民族艰苦奋斗、自力更生的精神，我辈当继承下去。父亲，你牺牲了，但我童年因为恩人们关照充满了幸运，虎子伯伯呵护我成长。阴霾变得遥远。父亲，你闭上眼睛，和我的灵魂一起想：绚烂如锦的家乡，比我梦中的思念美许多啊！"

坟墓碑下，启徐郑转头，他迎上前，抱住了一个人，"金诚伯！"

金诚缓缓地抬头，几片叶子落在他肩头，露出浅浅的笑容，"忘了很多年少的事，但有些东西是无法改变的，有些东西是永远无法忘却的。比如你一直关心的农业一体化，这个计划是那么优秀，可以一直做到生命的尽头！"

　　"金伯伯，想不到那位音乐老师还培养您当诗人了！"

　　"你小子敢调笑我？"金诚抬起手想要揍启徐正，顺势捶了一下他宽阔的胸膛，"哇！彪悍！虎子兄弟的杰作！"

　　"这是我媳妇依依，彪子伯的女儿。"

　　"真好！"

　　依依大方得体，"我听过许多农民特种兵的往事。妈妈和你们的昨天，我好想知道。于是我跟着丈夫带着儿女来探望您。金伯，当年不是您，哪有启徐郑？我谢谢您！"依依向金诚深深鞠了一躬。

　　因为主人归来，农家小院如一石激起千层浪，启娃家热闹非凡。

　　光明淡淡一笑，"娇娇的小孙女虽是缠得我满头是'包'，但她是一颗会唱歌的小彩石，看看，会泛起多少波澜？仅此一点，便足以证明，我们活得依然强而有力！"

　　娇娇释然："她像我们小时候，那时，我让你觉得难以应付，对不对？"

　　"对，也不对。"

　　"啥意思？"

　　光明说："首先，她赖着要坐在我腿上，你没有，你人小鬼大，想让我开口说话。"

　　"我真不是厉害，是热情好客好不好？"娇娇答道。

　　光明跟随首长多年，知道老百姓的喜怒哀乐，何况是多年青梅竹马两小无猜的情分？加上前妻的嫉妒对她的伤害，这都是他的人生的结。

　　光明爱屋及乌，尤其喜爱这一对龙凤胎，现在，面对酷似当年的小娇娇的女孩，几乎溺宠到百依百顺，坐在腿上又算什么？

　　启小妹哪里知道两个老人的那些往事，"狗狗爷爷讲闪电杀日本鬼子的故事，好不好？"小丫头片子还用小手拍拍光明的脸。

启小哥扳平光明的脸对着自己说："光明爷爷，小妹说你是狗狗爷爷，你是吗？我要听爷爷的故事！"

俩小孩人小鬼大，这性子是受虎子爷爷的影响。

她嫁给虎子了？我怎么不知道？光明一边想一边静下心，给孩子们讲故事。

依依心里泛起涟漪，"启徐郑，难道我爹先成家，是为了让虎子伯好娶你妈？那你的妈妈至今不嫁虎子伯，是与光明伯有意思？"

"亲爱的老婆，他们的思维模式和价值观，咱这一代人管不了，咱管咱下一代，好吗？"

"狗狗爷爷，我娇娇奶奶刚刚说的槐花奶奶，她在哪儿呢？她长得像我娇娇奶奶吗？槐花奶奶家有宝宝吗？是男的还是女的？"

启小妹的好奇心让光明思念冬生和惦记槐花病情的心浪潮起伏。

娇娇小声告诉孙女："现在不问，明天，我们去看槐花奶奶！"

第二天，静谧的卫生院在蓝色天幕之下，一片祥和安宁。

大家站在门口，默念：槐花，我们来啦，等一会儿，等一下，别走。

启小妹抱着一束美丽的花，想要高声笑，回头看爷爷奶奶们的脸之后，捂着嘴巴，跑进住着槐花奶奶的镇卫生院。

槐花奶奶住的病房，飘着消毒水味道，在小妹后面，是槐花奶奶的儿子占国和他的媳妇，启小哥喊："小妹，慢点行不行？"

大家看着启小妹，小家伙定会让槐花高兴。

一进门，启小妹清脆的笑声突然停了，她看见雪白的被子和枕头、还有老太太苍白的脸和头发，床头柜上立着一只透明的玻璃瓶，瓶子里插着一把美丽的小花，绽放着阳光的灿烂。

一个有花有爱的病房，是不会有死神的阴影！

"槐花奶奶好！我是启小妹，我的爷爷是启娃。"

病人没有睁开眼，相信她的耳朵一定能听到脆甜的声音。

启小妹不甘心，"你是槐花奶奶吗？你为什么不回答我？"

一旁占国的脸上充满期待。

只见小姑娘走近槐花，用嫩柔的小手轻轻抚摸槐花的脸，"槐花奶奶，没事的。你发热吗？我的家庭医生说多喝水就好！要不，我唱歌给你听，是学禹奶奶教我唱的。"

　　冬生的兄弟姐妹们赶紧说："唱！小妹唱！"

　　病房静下来，仿佛空气都停止了呼吸，柔和的声音在病房响起，裙摆随童音萌动，犹如花瓣飘飞，像小天使在呼唤一个灵魂的苏醒、爱的苏醒、盼望爱的灵魂呼应："怎么能怕雨？与你共蓑衣。我去治理汉水——一同走去吧，亲人！怎么能怕冰？我与你共棉衣，你为我修铁锹，我们一起同挖土，爱人！怎么能怕累？我与你共棉被，你为我唱歌谣，我与你夫唱妇随，我的情哥哥！"这是仿《诗经》的词。

　　依依苦笑，这是娇娇教的，是冬生向槐花求婚编的小调。

　　现如今，50 年过去了，被稚子用心唱出，竟然又是一种幽默。

　　"动了，槐花奶奶醒了！奶奶奶奶，是我，启小妹，领着冬生爷爷的拜托来看你！"

　　金诚走近，"槐花，你知道冬生像什么吗？他像他写的字，一会儿潇潇洒洒，至情至性；一会儿我行我素，但有方有正。他娶你，就是这性格，有趣吧？其实我们兄弟都在想，你俩能够这样遇见，能够这样互相碰到了，就算幸运了！至少当时他是喜欢你的呀。可你当初不肯嫁给他说是高攀不上，嘀咕嘀咕不肯同房，他早猜出你的心思来，你知不知道你在工棚说梦话，他都听到了……"

　　这时候，秋生插嘴，"你说怕再生娃，占国吃亏，不跟冬生生娃，他吃亏。冬生接着你的梦话说，我有占国，把他当自己家的娃。后来你哭了，又哭又笑像喝醉了酒，直到你俩进到一片桃色树里。在那片林子的上空，冬生等着你的灵魂。醒醒吧，把我们的悼念带给他，好不好？冬生家的槐花嫂！"

　　"槐花奶奶的手指在动！我看见了！"启小哥的声音十分兴奋。

　　这时，张医生进来说："继续讲！这是奇迹，人是有灵魂的。"

　　光明没有上前，而是与太明、春华在辩论。

光明说："槐花不是冬生老婆时，金诚的耐心有限得很。"大伙儿笑。

太明说："冬生的长大，是建立在优秀的革命前辈的性格上。槐花会看人，选择了冬生。"

春华说："冬生如果现在活着，他呀，第一个就会把启小妹抛上抛下。"

这一场病房里触景生情的对话，吸引了张医生，他暗忖，原来这个病人竟是如此的伟大。

一群人老心不老的姐妹对槐花说："我们送你一程的心里话儿，就给你坚韧不屈的灵魂安上翅膀了，飞吧！飞往那一片明净繁茂的林子！"

张医生明白了，槐花迟迟不断气的原因是用渴求用爱的灵魂传递她的期盼。

槐花的心跳急不可耐地闯进机器，这心跳的生命能任性多久？

不一会儿，槐花苏醒的容颜突然出现了变化。她睁开双眼！

说时迟那时快，一条桃色裙子一闪，美丽的小女孩张开双臂跑近，"槐花奶奶！"

百灵鸟样的启小妹，用樱桃红的小嘴巴轻盈地吻了下去。

槐花的脸色传递了美妙的感恩，表达欣喜与温情。

张医生震撼了，人的心理可以控制垂死的生命存活四个 24 小时！

槐花的病房很静，门外响起脚步声，大家扭头看去，正好与学禹红肿的眼睛相对，大家都知道她从水库赶来。

"槐花，我带着水生的意思来了，你的魂回家了！咱们的亲情、友情让我们心灵相通感应，你的魂终于等到了水生一家，你们看，槐花的眼神宁静、满足和幸福。"

光明第一个走近槐花，轻轻握住她骨瘦如柴的手，然后是金诚、太明、秋生、春华。

五个活着的农民特种兵的种子，他们代表启娃、彪子、水生和冬生，来向当年农民特种兵女战士槐花告别。

槐花的眼睛里，闪过每一个告别的人，她是几十万民兵中最老的兵之一，她将去一片闪光的林子。

» 闪光的林子

会闪光的树林在启小妹和启小哥心里，从晚上做梦做到天明。

兄妹俩一大早就爬起来，心明眼亮，小耳朵聆听奶奶和妈妈有没有起床。

启小妹站在窗前，光明爷爷与他俩约好，会很早来接他俩进闪光的树林。

"是光明爷爷让你在窗前等吗？妈妈她们一会儿就醒了的。"启小哥看着妹妹，就拉了她一把。

"是的，哥哥。"

"妹妹，我见到爷爷了。"

光明老远看见兄妹俩对自己招手，从未有过的开心从心尖上淌过。

由于过分激动，启小妹一个不注意就撞到椅子上，椅子又接着倒下，撞上前面的启小哥，小哥被突如其来的东西一绊，惊叫："你把我撞疼了。"这一喊，屋子里的人都惊动了。

光明叹了一口气："偷鸡不成反蚀一把米！看来要带一群人走了。"

光明开着车驶入山林，启小妹惊叫："真是美！"

道路两旁的林子一片苍翠，间或红色、黄色的叶片夹杂在林子间，整个林子绚烂如春花。

车子里的人坐不住了，被热情的林子感动：它们是在热烈欢迎农民特种兵的第三代人光临。

丹江口水库的北面，五十年前没有什么树，当时总指挥长在这片热土种下第一棵树苗，那时人们还不知道环境保护四个字的意义，首长告诉鄂西北人民，水土流失综合治理和生态环境系统改善，就是必须植树造林，改造荒山荒地秃岭，一人植一棵树。

157

“在想什么？”娇娇不由自主地问光明。

光明迟疑了一会儿，没有回答。

娇娇好笑自己的唐突，其实也不唐突。不唐突是打小二人的习惯；唐突是两人已五十年没见。

娇娇看着光明牵着自己的两个孙儿女，往密林的更深远处走。

不一会儿，孩子们的尖叫声划破了林子的寂静和娇娇的沉默。依依赶紧追过去，原来不时有雉鸡从他们面前跳过，

冷不防一道火红的影子突然从不远处的树丛中一闪而过，过了一会儿，阳光照进了叶缝，又照在树干上如辫子般的树皮上，一只极美丽的火红的小狐狸，两只眼睛闪闪发光。

它躲在一棵紫檀大树后面，机灵可爱地望着林子里的不速之客，那样子萌呆了。

“过来，小红！”光明招手，小红跳进他怀里，吱吱撒娇。

启小妹对小红很耐心：“小红，这是我的光明爷爷，你来！”小红看看光明，看看紫檀树，它跳出光明的怀抱，跑到紫檀树边，很警惕的样子。

小妹顺着小红的亮眼睛，望着紫色的花，花散发着高贵的香气，微笑面对一切。

叶子和枝条里透出光彩，这光彩快乐、慈善，仿佛想要拥抱启小妹。

奇迹出现了，小火狐露出温柔的目光，没有了对陌生人的警惕，是紫檀树用什么方式告诉它的呢？

只见它再次跳进光明怀里，光明掏出肉干喂它，启小妹也跳进光明怀里，小狐狸友好地伸出爪子。

这一幕幕场景，真让人唏嘘感叹不已。

光明放下小狐狸，让它依偎在紫檀树下，“怎么样？心里有许多小疑问吧？慢慢听爷爷讲！这棵树有 70 岁。水多的地方是大海，树多的地方是林海，这棵 70 岁的树叫紫檀树。它年年开花，花香飘很远，蚊虫都远离怕它，它的周围有几十万棵树。”

此时，启徐郑和水生的儿子胡家舜悄悄来到他们中间。

"家舜叔叔好！"两孩子齐声高喊。

"我好掉价，你们不喊爸爸？"启徐郑说。

"别喊！今天只许你们喊我，来，抱一个！"胡家舜说。

胡家舜抱起小妹："叔叔告诉你们，这儿有15棵大树，是紫檀树的卫兵。它们天天唱歌，唱歌的时候吸进二氧化碳，排放出氧气。你们深深吸一口气，是不是氧气最足的地方？"

学禹拉住娇娇的手说："这棵树是首长种的，水生的骨灰安葬在树根下。树根越扎越深，树越长越高，接受阳光越多，枝叶茂盛啊！我与胡水生一样，为了一个千年的约定，那天他从三生三世逐滔天巨浪中而来，我从风霜寒露雨雪纷飞中而至。我俩因水的缘分成为一生所爱，羡慕了多少青年男女！"

学禹说到这儿，看着光明怀里的狐狸，陷入了回忆。

1973年9月13日，首长最后的愿望："你们一定要说话算数，一定要把光秃秃的山岭打扮好！你们都知道我喜爱水，喜欢树，大自然也需要。人要与大自然和谐相处，就要绿化所有的荒山荒地，要造林绿化，田边堤边也一样啊！"

水生含着泪直点头，嘶哑着保证："农民特种兵听到，军令如山！"

首长含笑着走了。

此后，水生不管刮风下雨或天寒地冻，不论有人讥讽嘲笑或当上"走资派"，也叫造反派押着自己去植树。

有一天，两个戴红袖章的人来到水生家对学禹说："走资派让家里给他买十棵树苗，我知道这是老规矩。"

两个造反派背着树苗，水生拿着铁锹和桶，去改造农场的荒山荒地。

水生对他俩说："你俩家里一共有多少人我清楚，一共十口人。今天我为你们家十口人种十棵树，每棵树上刻上他们的名字。你们每天必须来浇水，这是我们首长的命令，军令如山。"

这两个造反派心想："种吧！还刻上我们的名字？好！"

水生家里，除了饭钱，其余所有的钱都给了水生搞绿化。

水生发愁就是断了苗，开心唱槐花和冬生的情歌给学禹听，那就是又完成了他定的指标。

去年的中秋节，水生走了，他的骨灰安葬在紫檀树下，他爱的灵魂找到了归宿。

四周静悄悄的，天上浮云浅了，林中花繁木茂。

在紫檀树下相聚一堂的三代人，静默悼念。

娇娇说："我们在祖国需要的时刻，相逢在建设丹江口水库，相知在建设汉丹铁路，是一首传世之歌，歌声里有岁月的蹉跎、征服困难的传奇、众人一心的志气，这些永远在心里代代传承。"

学禹说："我忘不了总指挥长，他走得太早，他为了鄂西北成为富裕的粮仓，鞠躬尽瘁死而后已。他在我们心里种下美好的种子，开花结果了，那就是艰苦奋斗，自力更生，自立自强不息！"

占国抚触冬生的树，树亮起萤光，它们在欢迎槐花爱的灵魂。

三代人的相聚，就是一部传奇。

一只黑色的蝴蝶巴在紫檀树干上，小妹眼前蓦然一亮，似乎看到了想象中的水生爷爷，她轻轻托起蝴蝶送它飞走。

可是它不远飞，围绕在紫檀树四周飞一圈，然后又飞回，轻盈落在高处，紧紧贴在了树干上。

狐狸毛茸茸的尾巴扫来扫去，它是紫檀树的快乐，它吱吱吱吱叫唤，大伙儿以不同的意念在回应它的呼唤！

生命这一精彩的瞬间，心灵相拥的暖凝固在闪光的林子里。

» 诗和远方

丹江口水库，从天而降的艺术品，从天空俯瞰，它像夜明珠嵌在群山环绕的秀丽风景之中。水库的水，清澈见底，收敛了天地间所有的光芒和轻灵，它的光影把记忆变成了时间的尺子。它是诗和远方。

汉丹铁路已完成了历史使命，它为鄂西北的经济发展作出了卓越的贡献。它是永恒的骄傲！